RUA

Miguel Torga

RUA

Contos

EDITORA
NOVA
FRONTEIRA

RUA

© Andrea Jeanne Françoise Crabbé Rocha e Clara Crabbé Rocha
Direitos de edição da obra em língua portuguesa no Brasil adquiridos pela
EDITORA NOVA FRONTEIRA S.A.
Rua Bambina, 25 – Botafogo
CEP 22251-050 – Rio de Janeiro – RJ – Brasil
Tel: (21) 2537 8770 – Fax: (21) 2286 6755
http:://www.novafronteira.com.br
e-mail: sac@novafronteira.com.br

Todos os direitos reservados. Nenhuma parte desta obra pode ser apropriada e estocada em sistema de banco de dados ou processo similar, em qualquer forma ou meio, seja eletrônico, de fotocópia, gravação etc., sem a permissão do detentor do copirraite.

Equipe de produção
Leila Name
Regina Marques
Ana Carolina Merabet
Daniele Cajueiro
Izabel Aleixo
Marcio Araujo
Shahira Mahmud
Victoria Rabello

Revisão
Cláudia Ajúz
Léia Coelho
Rita Godoy

Diagramação
Edmilson Apolinário

Capa
Projeto original de Hélio de Almeida
Ilustração de Fernanda Barreto

CIP-Brasil. Catalogação-na-fonte
Sindicato Nacional dos Editores de Livros, RJ

T636r   Torga, Miguel, 1907-1995
        Rua : contos / Miguel Torga. – Rio de Janeiro : Nova Fronteira, 2001

   ISBN 85-209-1208-7

   1. Conto português. I. Título.

CDD 869.3
CDU 869.0-3

SUMÁRIO

Não venha mais.. 7
A carta 23
O Estrela e a mulher 31
Uma dor 45
O Teixeirinha 53
Um dia triste.. 65
Música 77
A reforma 89
A Leonor Viajada 103
O senhor Cosme 117
Uma luta 133
O charlatão 143
Pensão Central... 157

Não venha mais...

— Posso então esperar pela menina, amanhã à tarde, ao sair da loja?

— Mas não esteja em frente da porta... Só se aproxime depois de eu virar a esquina...

No outro dia lá estava. E quando, cansados de vaguear pela cidade, a deixou perto de casa, tinham rasgado no mundo mais um postigo por onde se via o mar da vida, calmo, azul, a pedir um barco com duas pessoas dentro.

A rua das Esteireiras tem pouco sol e é triste. Muito estreita, quem a atravessa quase que se sente espalmado entre as frontarias sujas dos prédios mal alinhados. Ao rés-do-chão, entradas abertas para lojas esconsas. Nos andares de cima, janelas e varandas onde estiolam plantas em caixotes, e seca roupa numa franqueza escancarada. Pelos remendos, grau de brancura, quantidade e natureza das peças expostas, fica patente à curiosidade alheia a condição de vida dos moradores. Até de cada ninhada de filhos o estendal dá relação. Se é grande ou pequena, quantos rapazes e quantas raparigas, se algum suja ainda cueiros ou não. De maneira que assim feia, bafienta, e habitada por pessoas que saem às oito e meia a correr e entram à noite como penitenciários que recolhem à cela, enegrece os corações. Mas o rapaz estava tão emocionado, tão fora de si, que pisava as pedras húmidas daquele desfiladeiro sombrio, embandeirado de pobreza, com a sensação de caminhar num prado de relva fresca.

— Não venha mais...

— Só até ali...

E ao pé da mercearia Gonçalves Ferrão & C.ª, que ficava logo adiante, a desprenderem-se um do outro parecia que tinham dado com as mãos um nó que não sabiam desatar.

— Amanhã lá estou no mesmo sítio...

— Pois sim...

Ela partiu, insegura, sem ver bem o caminho, só guiada pelo hábito dos pés; ele ficou parado, absorto, a olhá-la num deslumbramento, como se o mundo acabasse de ser criado e o contemplasse pela primeira vez.

Onze meses depois, quando no parque da cidade — que desde que ficaram noivos visitavam aos domingos — as rolas, os melros e os pintassilgos pareciam moiros a trabalhar nos ninhos, casaram. Muito pálidos ambos da comoção, disseram sim ao do registro e ao padre sem saber o que diziam. E depois do jantar da boda, que acabou altas horas, apenas o último convidado se retirou e entraram no quarto, foi ela que deu expressão ao sentimento de ambos:

— Sinto-me tão feliz, que só me apetece chorar...

Ele porém reagiu, beijou-a, e no dia seguinte, ao partir para o emprego, deixou-a na cozinha, feliz realmente, mas a cantar.

O primeiro filho nasceu pelo Natal. E só então desceram ao sentido íntimo dessa longínqua noite de noivado, com os olhos postos na criança, que agarrada ao seio da mãe se babava toda.

— Com que nome fica, afinal?

— Eu dizia Júlio...

— Eu gostava mais de Mário...

Acabaram por lhe pôr Humberto, Deus sabe com que sacrifício.

— É bonito! — diziam os vizinhos, que se acostumaram ao nome como ao nariz do garoto.

Ela é que não se conformava:

— Mário, sim. Agora Humberto! É, mas contra a minha vontade.

De nada valia que o terceiro filho, que saiu também rapaz, se chamasse assim. Mário devia ser o Humberto. O outro, talvez João, ou Jorge, ou Asdrúbal, que não era nada feio.

O autor da crisma foi o senhor Varela. Quando o empregado, depois de grandes hesitações, transpôs, autorizado, a porta do escritório, o negociante pensou logo em aumento de ordenado. Mas enganou-se.

— O senhor Varela queira desculpar-me o atrevimento. Vinha fazer-lhe um pedido...

— Diga lá, mas desde já o informo de que as coisas estão más e que os lucros da casa não permitem subir um real a ninguém...

— A minha pretensão era outra...

— Se for coisa que possa ser...

— Poder, pode... Como o senhor Varela sabe, nasceu-nos um pequerrucho...

— Muito bem.

— E lembrámo-nos de convidar o senhor Varela e a senhora D. Lucinda para padrinhos.

— Eu não costumo... De mais a mais tratando-se de subordinados meus... Em todo o caso vou falar com a senhora, e dou-lhe a resposta amanhã...

— Muito obrigado, senhor Varela... Para nós seria uma grande honra...

No dia seguinte o pequeno chamava-se Humberto e o baptizado era no domingo de manhã cedinho, porque o senhor Varela tinha de estar na quinta às onze horas.

Passou-se tudo tão cronomètricamente, tão neutramente, que, de regresso no fim da cerimónia, não encontravam uma palavra que doirasse a desilusão.

Sem grande consciência disso, esperavam do acontecimento uma irradiação universal do seu amor e da sua felicidade. O baptizado representara-se-lhes na imaginação como o acto pelo qual plantavam a grande palmeira da sociedade no pequeno jardim lírico daquela casa. Para que o sonho tivesse raízes sólidas, tinham convidado o senhor Varela. Afinal, o negociante tirara-lhes todas as ilusões. Dera o vestido, pagara a despesa ao padre, cinquenta escudos para o pequeno à saída da igreja, e então até amanhã.

— Valeu a pena esta trabalheira toda!... — desabafava ela, a olhar a mesa coberta dos bolos que fizera na véspera. — Nem as escadas nos subiram! Quem é pobre... Ainda se ao menos o rapaz se ficasse a chamar Mário!...

Apesar de amargurado também, tentou ajudá-la. Que mais fazia ter um nome, ou ter outro! E lá de a festa não correr ao gosto deles, paciência. O futuro do garoto é que interessava "Quem a boa árvore se acolhe, boa sombra o cobre..." Além disso, a situação dele na casa é claro que melhorara... Sempre era o compadre do patrão...

O silêncio que lhe respondeu tornou ridícula aquela laboriosa justificação. Deitou-se e adormeceu envergonhado.

Contudo, na manhã seguinte, à entrada da loja, ainda o coração lhe bateu com alvoroço. Como iria agora tratar o senhor Varela? Evidentemente que tudo dependia...

Cinco minutos depois estava elucidado.

— Chamam-no ao escritório.

Empurrou a porta de vidro, a tremer. Mas o senhor Varela relaxou-lhe os nervos.

— Mandei-o chamar para esclarecer que as nossas relações pessoais terminam à entrada da porta do estabelecimento. Aceitei o seu convite porque não gosto de fazer desconsiderações a ninguém. Mas negócios são negócios. Aqui eu sou o patrão e o senhor é o empregado.

— Sim, senhor Varela.

— Pode ir.

Contou isto em casa à mulher, para quem, desde esse dia, o nome de Humberto se tornou ainda mais mortificante.

— Se fosse agora! Estou tão arrependida...

Ele ouvia-a comprometido, calado, a enchê-la de razão. Tolos, tinham-se deixado enganar pela miragem dum compadrio importante. O resultado ali estava: o filho a chamar-se Humberto e o Varela a marcar as distâncias.

— Aqui, eu sou o patrão e o senhor o empregado.

Quando o terceiro rebento lhes nasceu, foi ele que lembrou carinhosamente o nome. Mal entrou no quarto e o viu a espernear nas mãos da D. Alzira, a parteira, perguntou com sofreguidão:

— É rapaz?

— É.

— Pois esse é que se há-de chamar Mário, doa a quem doer.

A mulher, da cama, envolveu-o num olhar de ternura. Sem o dizerem, sabiam ambos que o nome trocado do pequeno era apenas o muro que encobria a desilusão verdadeira. Mas assim mesmo agradeceu-lhe com o melhor sorriso que pôde o esforço que fazia para disfarçar o desgosto.

Foram padrinhos o Alves e a mulher. E como troçavam da mágoa dos dois por o primeiro filho não ter o nome do afilhado, na Páscoa, ao darem o folar, recomendavam sempre.

— Não se engane, comadre! É para o nosso Mário...

O senhor Varela, esse, fazia tábua rasa da sensibilidade alheia. Mandava chamar o empregado ao escritório e, com cara de pau, estendia-lhe um envelope:

— Para o Humberto.

Tal e qual como quando lhe pagava o ordenado.

— Muito obrigado, senhor Varela...

Mas sorria por fora todo em ferida por dentro.

A primeira vez que recebeu o subscrito, aos agradecimentos acrescentou que ao outro dia lá iriam ele e a mulher, e o pequeno, evidentemente, cumprimentar a senhora D. Lucinda.

— Não vale a pena incomodarem-se, porque vamos para a quinta ainda esta noite...

Nem quis investigar se de facto assim era. Regressou a casa coberto de tristeza, e entregou o envelope à mulher, com estas palavras que pareciam do próprio senhor Varela:

— O folar do Humberto.

Ela abriu, tirou a nota de cinquenta mil réis, e olhou-o nos olhos. E leu neles tal amargura, que se calou e foi pôr o jantar na mesa.

No ano seguinte, quando se repetiu a cena, aceitou a dádiva como uma ordem que era preciso cumprir.

— Muito obrigado, senhor Varela.

Nada mais. Ardia de desespero, mas lá conseguiu forças para se aguentar. O comerciante, que o tinha cumprimentado de carranca, com medo de nova tentativa de visita, diante do ponto final, abriu o rosto.

— E até segunda-feira...

Selou-se naquele dia, definitivamente, o pacto de nunca mais haver entre eles qualquer intimidade. E pelos anos fora a véspera de Páscoa passou a ser apenas uma ida obrigatória e dolorosa ao escritório, onde os cinquenta mil réis lhe quebravam a paz com que no dia próprio recebia os seiscentos do ordenado.

— Parece que até me queima as mãos tal dinheiro... — confessou um dia, ao entregar o envelope à mulher.

— É como se a gente lhe tivesse ido pedir uma esmola, quando o fomos convidar para ser padrinho do rapaz...

Há muito que lhe pesavam no coração estas palavras, que resumiam abismos de humilhação. Mas reprimia-as com medo de aguçar mais no espírito do homem o espinho que o mortificava. Desta vez, porém, diante do desabafo do marido, abriu o saco, também.

— E o pior é que ainda a gente lhe tem de ficar agradecida...

Estavam sós no quarto, onde tinham sido tão felizes que só lhes apetecia chorar. Amavam-se ainda como no primeiro dia — talvez mais, até —, mas qualquer coisa toldava a singeleza de alma que os unia nessa hora longínqua.

— Bem escusávamos disto... Quanto melhor fora termos convidado logo o Alves e a mulher!...

Por todos os lados que olhassem a desgraça, iam dar sempre ao mesmo desespero. Aquele mau passo colocara-os com relação ao negociante entre duas paredes. O senhor Varela era simultaneamente o patrão e o compadre. Quando o compadre os desconsiderava, ficava de pé, vencedor, o patrão; quando este procedia desumanamente, levantava-se solene, social, o compadre.

Para ela ainda havia abertas nesta dolorosa situação, porque a própria clausura da casa e a azáfama dos sete filhos — já eram sete — varriam-lhe da cabeça qualquer pensamento que a quisesse atanasar tempo demais. Além disso tinha bom feitio. Naturalmente alegre, uma criança doente ou a conta na mercearia ensobravam-lhe o rosto durante algum tempo, mas a alegria voltava. Ele é que não. Bastava-lhe ouvir do Varela qualquer palavra mais fria, e um colega chegar-se perto e dizer-lhe: — o seu compadre está hoje mal disposto..., para andar rilhado o resto do dia. E aquelas horas amargas, recozidas, iam-lhe pouco a pouco agravando a doentia propensão para a tristeza, que já ninguém consolava. Passava as noites em claro, a suspirar, ao lado da mulher que dormia, a ouvir os filhos que nos dois quartos contíguos — quatro num e três noutro — ressonavam. De manhã levantava-se pálido e doente. Mas às nove em ponto lá estava na sua secção.

Era seu companheiro mais chegado o Almiro, um rapaz novo, que só pensava em bailes e futebol. Sem saber bem porquê, tinha-lhe antipatia. E como nem daquele humano convívio tirava calor, parecia um bicho ressabiado a caminhar de casa para a loja e da loja para casa. E a vida ia deslizando.

Numa Páscoa chuvosa, a mais triste de quantas tiveram, o relógio da Sé bateu as oito e o escritório não deu sinal.

Saiu, e foi com um peso de cima do coração que disse à mulher, ao entrar em casa:

— Esqueceu-se.

— Há mais tempo fosse. Já não podia ver tal envelope!

O Humberto, porém, quando soube do desprezo do padrinho, chorou. E não tiveram outro remédio senão garantir-lhe que na segunda-feira, sem falta, o senhor Varela se lembrava dele.

As horas desse princípio da semana correram lentas para o pobre pai. De ouvido alerta, a todo o momento cuidava ouvir a campainha salvadora. Mas só mesmo ao fechar é que a esperança lhe sorriu.

— Chamam-no lá dentro.

Tomou ar fundo. Era obrigado a reconhecer que o descuido do patrão o ofendera ainda mais do que a maneira como lhe entregava o dinheiro. — Por causa do pequeno, evidentemente... — pensava, a justificar-se. E foi com alívio que recebeu a ordem de se apresentar.

O senhor Varela estava de cenho carregado.

— Mandei-o chamar por causa dum assunto grave...

Ficou sem pinga de sangue.

— Grave?!
— Sim, grave. Um desfalque na sua secção.
Faltaram-lhe as forças. Encostou-se à secretária, e quando deu acordo estava em casa, deitado, com a mulher ao pé a chorar e a pôr-lhe pachos de água fria na testa.

Não podia falar. Um garrote na garganta estrangulava-lhe a voz. Olhava a companheira silenciosamente, como se tivesse concentrado nos olhos fundos e magoados, para lhe dar, tudo quanto tinha na alma. Ela também nada lhe dizia. Chegava-lhe carinhosamente os caldos e abria o coração na cozinha, à Isabel. A amiga ouvia-a com o ar que pedem os desabafos assim.

— Que aquele excomungado do Varela tenha tantos desgostos como os que fez entrar nesta casa!

Os rapazes andavam na rua a brincar. As raparigas, sentadas, faziam renda.

— Mãe!
— O que é que tu queres, filha?
— Caiu-me aqui uma malha...

Era a mais pequena, a Gina. Solícita, pegou-lhe no trabalho e, maquinalmente, remediou o desastre.

— É preciso ter paciência e coragem...
— Mais ainda?!

Sorriu tristemente. E a amiga aproveitou a aberta para sair.

— O que desejo é que tudo se componha e ele melhore...

Era um voto sincero, que de nada valeu. Nem aquilo se compôs, nem o doente melhorou. Ao cabo de quinze dias de balanço e verificação de escrita, o senhor Varela concluíra por uma trapalhada medonha de contas, em que, embora ficasse provado que o único responsável pelo desvio era o Almiro, se evidenciavam também graves negligências do empregado mais velho. Enfim, não queria estragar-lhe a vida, de mais a mais tendo-lhe baptizado um filho. Simplesmente, resolvera fazer uma barrela na secção. Não participava do Almiro para evitar complicações — sobretudo porque não queria o nome e os livros da sua casa de rastos pelos tribunais —, mas estavam despedidos ambos.

Este resumo foi comunicado ao convalescente pelo autêntico compadre, o Alves, que espumava de raiva.

Era um honrado serralheiro, o Alves. Bom, mãos-rotas para o afilhado, fora naturalmente designado para resolver junto do comerciante aquele mal-entendido. A dominar-se para não estrangular o sujeito, torcia-se na cadeira, insofrido, a medir em silêncio o tamanho da malvadez. No fim, ergueu-se e só disse:

— O que o senhor está a fazer é uma patifaria. Havia de ser comigo...

Mas era ali um embaixador de paz. E não teve outro remédio senão voltar com aquelas conclusões.

O interessado ouvia-o numa palidez de cera, a olhá-lo fixamente com olhos enterrados na fundura das órbitas pisadas. E no primeiro dia em que a mulher o deixou sair, a pretexto de arranjar novo emprego, envenenou-se.

— Eu já esperava por isso... — sentenciou a Isabel, quando a notícia lhe bateu à porta.

— Pessoas fracas... — ponderou o Custódio.

— Mas parece que foi fora de casa... Ouvi falar numa azinhaga dos Olivais... — acrescentou a Laura.

— Foi — confirmou lacònicamente o Cunha, que era de poucas palavras.

Da mulher ninguém falava, senão para a cobrir do negro vestido da viuvez social.

— Sete filhos... dívidas... — repetia, como num estribilho, a Zulmira.

E enquanto as crianças choravam pela casa adiante, numa angústia feita em grande parte da incompreensão duma desgraça assim súbita e irremediável, e a mãe subia de coração a sangrar a ladeira do hospital, na vizinhança não havia outra consolação para tudo aquilo.

O morto, esse, descansava. Já na morgue, para onde fora removido do hospital poucos momentos depois de agonizar, nenhum sinal denunciava o desespero que o levara à morte. A própria mulher pasmou diante de tanta serenidade.

— Homem! Homem da minha alma, que cegueira a tua!

Mas dos beijos, da ânsia com que o apertava ao peito, ou de qualquer mistério, ele abriu os olhos e fitou-a docemente. Ou pareceu-lhe.

Calou-se então e deixou correr livremente o pranto represado.

Anoitecia, e o guarda, com a indiferença de quem fecha um museu, veio dizer que eram horas de sair.

Foi só o tempo de enxugar as lágrimas e de lhe cobrir as feições com o lenço de mão que trazia.

Magro, estendido na pedra fria, todo nu mas de rosto vendado, até à compreensão transtornada da companheira se tornou evidente que o acaso tinha dado uma significação profunda àquele fim.

— O corpo, já que não tem remédio... A cara é que eu queria que ele a levasse assim tapada, para não ver mais as misérias do mundo...

— Amanhã, depois da autópsia, pode vesti-lo, se quiser.

E ela quis.

Deixou os filhos fechados em casa, e, ainda a vomitar o trovisco da oferta que rejeitara ao Varela — vinte metros de castorina negra para o luto e cem escudos para acudir às primeiras necessidades —, foi novamente ao seu encontro. Quando lhe tirou de cima o oleado que agora o cobria e o viu sem o lenço, retalhado, a ressumar uma aguadilha pelos cantos da boca e cosido com grossas linhas na barriga, no peito e na cabeça, cuidou que o chão lhe fugia debaixo dos pés. Mas reagiu animosamente, e a calma voltou. Lavou-lhe o rosto, vestiu-o e penteou carinhosamente as farripas que restavam da cabeleira negra.

Eram ternuras perdidas numa realidade desfigurada, que os olhos do seu amor viam perfeita como antes da mutilação.

O enterro foi a seguir. Apenas o Alves, duas ou três pessoas que discretamente apareceram à hora da saída, e sobretudo ela, fechada num silêncio onde só cabiam os seus passos e os duma sombra que caminhava ao seu lado.

Lento, o pequeno cortejo desceu a rua, atravessou a praça, subiu, e chegou ao alto.

O sino da Sé bateu quatro horas. Uma brisa primaveril acariciava a crista dos ciprestes do cemitério. Nas campas rasas floriam lírios e crescia relva. Um sol tépido amornecia o mármore dos mausoléus. E, contra toda a razão, era agradável enterrar um morto nosso num dia assim. Dava paz.

A terra fresca caiu sobre o caixão com brandura. A cova foi dimuindo, diminuindo, até ficar rasa. Duas flores em cima, e não vinha dali nada que se assemelhasse à secura de um aniquilamento.

— Não venha mais...

Como depois destas palavras que dissera numa outra tarde igual, ia agora insegura, sem ver bem o caminho que pisava. Mas ia também com o coração quente da plenitude duma presença que se tinha afastado dela. Devagar, a vida fora erguendo um muro entre eles, que não dividia o amor que sentiam, mas o tornava opaco à consciência de ambos. E, milagrosamente, caminhava outra vez cheia do mesmo calor que a aquecera então.

A carta

As ordens eram terminantes: nenhuma correspondência podia ser entregue ao destinatário fora do seu domicílio. Além disso, o próprio pai da pequena, o senhor Bastos, o avisara: — Se vier alguma carta para a minha filha, não lha dê particularmente. Meta o correio na caixa. De contrário, participo.

O demónio é que já fora novo também, e sabia o que são namoros contrariados, penas do coração. Um sujeito seu conhecido, meio filósofo, fizera-lhe em tempos o elogio do carteiro, o mais simpático e desejado de todos os funcionários públicos. Os polícias intimidavam, multavam, prendiam; os cobradores da Câmara só vinham com recibos; da gente do fisco, nem falar. O carteiro, esse, trazia notícias, unia almas distantes, sossegava inquietações. Muito embora nunca tivesse pensado nisso, concordara, desvanecido. E desde então considerava-se, modestamente, um mensageiro quotidiano do destino, de certo modo comprometido nas alegrias e tristezas que repartia. Missão um pouco diferente da que lhe atribuíam os superiores, interessados apenas na eficiência dos serviços. No que só faziam bem, diga-se já em abono da verdade. Primeiro o que está primeiro. Em todo o caso, podendo ser, um bocadinho de humanidade não ficava mal a ninguém...

E ia transgredindo os regulamentos e esquecendo as recomendações e ameaças do Bastos. A moça saía-lhe ao caminho e perguntava-lhe com tal ansiedade se não levava nada para ela, que perdia a cabeça. Pousava o saco, desenterrava lá do fundo o último pacote, desatava o cordel, desfolhava o baralho, e aqui tem.

De vez em quando o Bastos voltava à carga:

— Você parece que quer brincar comigo. Pense bem no que anda a fazer! Depois não se queixe.

Metia os pés pelas mãos, e seguia de orelha derrubada. Tinha de pôr termo àquilo, na verdade. E o mais depressa possível. A fiscalização podia agarrá-lo com a boca na botija ou o Bastos cumprir a ameaça, e lá se ia o emprego à viola. Juizinho! Juizinho, enquanto era tempo.

Mas no dia seguinte aí estava ele novamente a prevaricar.

É que, sem saber como, fora-se afeiçoando à rapariga. Franzina, toda fragilidade, com dois grandes olhos magoados a brilhar num rosto de cera, apetecia ajudá-la naquela árdua batalha sentimental.

— O seu paizinho qualquer dia faz queixa de mim...

— Veja lá! Não quero prejudicá-lo.

— Olhe, arrisco-me. E o que for soará. Faça favor.

Sorriam ambos, e afastavam-se cada vez mais ligados pelo doce vincilho da conivência.

De repente, a correspondência cessou. E dias a fio teve de dar a mesma resposta desoladora:

— Hoje não há nada.

Ao cabo de duas semanas de insistência inútil, desiludida, a coitada acabou com a penitência. Numa quinta-feira enevoada, ouviu o não habitual, arrasaram-se-lhe os olhos de água, ciciou um "creia que lhe estou muito agradecida por tudo", e desapareceu.

Aflito, começou então a esperar cada manhã que dos milhares de subscritos que ia ordenando surgisse o único capaz de levar consolação àquele desespero. Mas os meses passavam e o milagre não acontecia.

A princípio ainda a lobrigava de vez em quando no jardim, a esgueirar-se mal o pressentia. Depois deixou de a ver.

Intrigado, meteu conversa com a criada. E soube que adoecera gravemente. Fora sempre fraca; sofrera ùltimamente um grande desgosto; enfim, coisas da vida...

Passou a perguntar por ela todos os dias, e recebia sempre a mesma resposta:

— Cada vez pior...

De feitio comunicativo e folgazão, andava agora sorumbático e azedo. Perdera a comida, dormia mal, tudo lhe metia fastio.

— Ó homem, vai ao médico! Trata-te! — implorava a mulher, apreensiva.

— Isto passa.

— Passa, passa! Eu vejo-te é cada vez mais desfigurado. Nem pareces o mesmo!

— Deixa correr.

Os colegas começaram também a estranhá-lo.

— Tu que tens?

— Nada.

— Ná! Algum bicho te mordeu. Não eras assim...

— Pois não era, não... — e continuava a apartar o correio maquinalmente.

Um dia, porém, no meio daquela rotina desconsolada, teve um sobressalto. Os olhos, alarmados, deram num envelope familiar.

— Olá! — exclamou sem querer.

Os companheiros, alertados, voltaram-se. Mas já ele, num movimento rápido, sumira a carta num bolso.

E agora? — pôs-se a pensar. De que maneira poderia entregar à dona aquele tesouro?

Foi só à porta do Bastos, já quase no fim da distribuição, que se decidiu pelo caminho que lhe parecia mais acertado. Meteu o correio na caixa e tocou a campainha. A criada veio atender.

— A menina está melhor?

— Coitada... Aquilo, agora...

— Eu poderia vê-la?

—Só perguntando à Senhora.

— Então pergunte. Tenha paciência.

O pedido enterneceu a D. Lucinda, que o mandou entrar.

— Peço desculpas do meu atrevimento...

— Ora essa! Dá-nos muito prazer.

Subiu as escadas com o coração aos saltos. Oxalá tudo corresse bem. O jogo era arriscado...

— Tens aqui uma visita...

Do fundo do quarto, os olhos magoados seus conhecidos, agora bruxuleantes num rosto cadavérico, envolveram-no de ternura. Aproximou-se comovido.

— Soube que estava doente...
Uma voz sumida gemeu-lhe nos ouvidos.
— Muito doente.
— Mas vai melhorar, se Deus quiser...
— Não quer.

Desconcertado pela amargura agressiva da resposta, pôs-se a tartamudear palavras de consolação e de esperança, a que nem ligava sentido.

— Ora, não quer! É muito nova, e nessa idade... Se fosse na minha...

Com a mão no bolso, apalpava nervosamente o envelope. A coisa não ia ser tão fácil como imaginara.

— Está muito desanimada... — deplorou a mãe, a fingir ânimo.

— Pois está. Tem de reagir!

A doente parecia ter-se alheado daquela ladainha piedosa. E o ambiente carregado do quarto, de segundo a segundo, adensava-se mais.

— É o que todos lhe dizem...

Uma onda de pânico começou a invadi-lo. À frente da velha não podia fazer nada. Que raio de situação ele arranjara. Que estupidez!

— Eu, confesso, sou na mesma. Quando adoeço tenho pouca coragem. Penso logo que vou morrer.

Acabou a frase com a sensação de que dissera uma parvoíce.

— Há pessoas assim.

Não valia a pena perder mais tempo. Era impossível. De resto, já devia calcular... Claramente que o não iam deixar sòzinho com ela. Via-se logo ... Bastava pensar três vezes... Mas havia de ser sempre o mesmo palerma... Com a mania da esperteza, e só arranjava sarilhos. Ficava-lhe de emenda... Nunca mais... E o gosto que ele tinha!... Porcaria de vida!

Foi a própria doente que, intencionalmente ou não, nunca o saberia, o tirou daquele tronco de tortura. Queixou-se de sede, e a D. Lucinda, pressurosa, foi-lhe buscar água.

Agarrou a oportunidade sôfregamente, brutalmente, esquecido de que tinha diante de si uma moribunda.

— Vim trazer-lhe a carta que a menina esperava. Aqui a tem.

Estava de novo no meio da rua a estender-lhe a felicidade.

Ela fitou-o com redobrada ternura, sem mexer a mão exangue de cima da coberta.

— Muito obrigada — murmurrou a custo. — Mas nem posso, nem quero lê-la. Tenha a bondade de a devolver ao remetente.

Guardou instintivamente a carta, e ficou aparvalhado, a engolir em seco, de olhos arregalados, sem compreender.

E, quando a D. Lucinda entrou, veio encontrá-lo assim, especado no mesmo sítio, mudo e absurdo como um móvel a mais que ali tivessem posto, e que apenas servisse para atravancar o quarto.

O Estrela e a mulher

Como de costume, às oito, o sol começou a entrar pelo quarto dentro. Mas já não pôde, à semelhança das mais vezes, descer do peitoril da janela, inundar o soalho, subir à cama, devorar pouco a pouco a colcha branca, incendiar um naco do cobertor vermelho, e acabar por bater-lhes em cheio nas meninas dos olhos. Hoje um e logo a seguir outro, tinham partido. Discretamente, disseram adeus àquelas quatro paredes, voltaram costas à realidade, e fecharam-se num recolhimento tão íntimo e tão persistente, que só mesmo no fundo duma sepultura. Deram-lha, então. Justamente os oito dias que durou essa mudança foram toldados. Perdido por terras distantes, nessa semana triste, o astro-rei esqueceu-se dos seus dois velhos amigos. Vinha agora bater-lhes novamente à porta. Infelizmente já não moravam ali.

— E novos ainda!... — ponderou, filosòficamente, a Berta.

— Ela sessenta e cinco, e ele sessenta e oito — precisou o Mamede, aferidor da Câmara.

— Exactamente... — confirmou o dono da casa.

Era na loja do Guerra, sapateiro. O Mamede viera saber dumas meias solas nas botas de caça; a Berta já lá estava a ver se os sapatos do homem podiam ser gaspeados; de maneira que sem darem conta encontraram-se a falar do acontecimento da semana — a morte do Estrela e da mulher.

A princípio, o que diziam avolumava apenas a sombra dos ausentes.

— Coitados!... Sem filhos, de mais a mais...

Mas pouco a pouco os mortos foram ressuscitando em cada palavra pronunciada. O poder mágico do verbo ia-os avivando nas lembranças apagadas, e todos eles, que nunca tinham pensando sequer que conheciam o Estrela e a mulher, se puseram a seguir-lhes, fascinados, os passos no mundo. Milagrosamente, viam-nos reais e palpáveis, a retomar a vida habitual, ali, no Largo da Graça.

Começou o Estrela por abrir a porta da barbearia. Era barbeiro, o Estrela. Acabavam justamente de bater as onze. Nunca saía do quarto antes. E o Amadeu, o alfaiate, que com a rosa dos alfinetes ao peito, a fita métrica ao pescoço, e uma letra vencida no bolso mourejava, desde manhã cedo, não podia engolir serenamente semelhante ultraje.

— Há sujeitos com muita sorte! — resmungava da sua loja, ao fundo da praça.

Mas calava-se diante do olhar irónico dos empregados. Pegava no giz, e num traço mais vincado que fazia no pano descarregava o resto da emulação.

O Estrela, esse, vestia a bata e chegava-se à porta.

— Então Deus nos dê muito bons dias!

Cumprimentava ao mesmo tempo o mundo e o seu grande amigalhaço, o Gil, latoeiro e vizinho.

— Vamos a ele, ou quê?

— Tem de ser...

Era o mata-bicho sacramental. Bastava-lhes dobrar a esquina. O Moreira parece que mandava fabricar aquela aguardente no céu. Um sinal, apenas, e os cálices apareciam cheios e perfumados sobre o balcão.

— À nossa!

— Cá vai...

Pagavam, saíam, e o taberneiro, com açúcar na urina, arrasado de bronquite, e guardado como um carneiro pela mulher, desabafava sòzinho:

— Que estômagos! Que saúde! Que naturezas! Porcaria de mundo!

Alheios ao ódio impotente dos corações invejosos, cá fora, os dois amigos discutiam acaloradamente um assunto grave.

— Pois cortaram. Eu cuidei que sabias...

— Os plátanos do Marachão?! Nem me digas!

— Foi ontem. Não deixaram um! Hoje, ao passar, cuidei que chorava de pena!...

— Ah, mas a coisa não fica assim! Vou já fazer uma reclamação!

— A quem?!

— À Câmara.

E o Estrela, que apenas subia aqueles solenes degraus para pagar o imposto no fim do ano, subiu-os pela primeira vez para defender os seus direitos de cidadão.

No alto, perguntou com voz de poucos amigos:

— O senhor presidente?

— Não recebe.

— Ora essa! Diga-lhe que sou eu.

O contínuo ainda tentou convecê-lo de que sua excelência estava muito ocupada. Mas, diante do ar imperturbável do Estrela, anunciou-o e introduziu-o pouco depois.

— Venho apresentar um protesto em meu nome e no de todos os honrados moradores da cidade.

— Faça favor de dizer...

— Trata-se dos plátanos do Marachão. Aquilo não é de gente, é de animais!

E saiu. O presidente, boquiaberto, viu-o voltar-lhe costas, empurrar a porta, e desaparecer. Só então se lembrou da sua autoridade, da sua força. Tarde demais. Além disso, a mulher em casa, dissera-lhe aproximadamente a mesma coisa há meia hora. Fez das tripas coração. Acabou por tocar a campainha.

— Quem é ele, afinal?

— O Estrela. V. Ex.ª não conhecia?!

— Ah! sim...O Estrela...

Como a resposta, de vaga, roçava pela igorância pura, o contínuo atreveu-se a um esclarecimento concreto.

— V.Ex.ª me dá licença...

— Diga.

— Este é o tal célebre barbeiro, que há anos, na noite de S. João, foi à capela buscar o santo e o levou a uma fogueira no Romal. Arrombou a porta, agarrou na imagem, largou, e, sem dar cavaco, pô-la no meio da roda para que gozasse também a festa.

— Mas isso é bonito, afinal...

— Pois sim. O pior é que foi malhar com os ossos à cadeia!

Ficaram ambos calados, a considerar os desígnios impenetráveis da justiça, enquanto o Estrela acabava de descer as escadas, atravessava o átrio, e se encaminhava para os seus domínios — Largo da Graça, 43.

Estava o almoço à espera. Depois dele, à tarde, por volta das três e meia, é que a mulher, a D. Aninhas, vinha até à loja espairecer. Sentava na soleira da porta, e ali ficava calada, a fazer renda. O Estrela acabava então de barbear o Guerra, freguês certo àquela hora, e pegava no violão.

Se estou melhor das maleitas,
Se estou melhor das maleitas...

— E pronto! Palavra de honra!...— não se continha o alfaiate.

Eu cá só tenho tremuras,
Eu cá só tenho tremuras
Ao pé das moças bem feitas...

Mas aqueles dedos já não eram os de 1896. O Estrela lembrava-se bem: 1896. Estava então à frente do município...

— Quem era o presidente em 1896, Aninhas?

A mulher não sabia. O Estrela pôs-se então a apertar a memória. 1896... 1896...

Talvez o Dr. Lourenço?! Não?! E o capitão Loureiro? Também não?! Aí estava. Fartava-se de dizer ao Dr. Alves que lhe receitasse qualquer coisa para o cérebro, e o Dr. Alves ria-se. Isto de médicos... Ah, bom Coronel Pinto, que não estava com meias medidas: Médicos, senhor Estrela! Fuja, fuja dessa cambada!

— Boa tarde!
— Boa tarde!
— Barba?
— Barba e cabelo.

O violão, encostado à parede, pôs-se a mirar um canto do espelho.

—Pelos vistos, o senhor Estrela ainda lhe puxa pelo bordão!...
—Pouco. Só para matar saudades...Bons tempos! Tudo passa...

E o ano de 1896, o ano áureo do Estrela, começou a nascer na tarde morna.

— Custou-me a brincadeira oito dias à sombra. O malandro do sacristão! Era compadre dum polícia... Mas valeu a pena. O largo do Romal parecia o Terreiro do Paço. Talvez até mais bonito...

Quê?! O senhor Estrela conhecia o Terreiro do Paço?! A sério?! O Lucas, que nunca saíra da terra, parecia que estava diante dum milagre.

O Estrela teve um riso aberto de iluminado.

— Olha, olha, o Terreiro do Paço! Hã, ó Aninhas?

A D. Aninhas engrunhou-se um pouco, olhou um nadinha de lado, e começou a rir-se lá por dentro.

— O Terreiro do Paço, a Mouraria, Cacilhas... Fechei o quiosque, e de comboio por aí abaixo foi o fim do mundo!

No rosto de ambos nem tudo agora eram sessenta e tantos de idade. Havia também a marca duma carícia funda da vida.

Mas a quê? A que tinham ido os dois a Lisboa?

Olharam-se ternamente, numa maliciosa cumplicidade.

— Hom'essa!
Bem, ele perguntava, apenas...
— A nada!
A tarde e aquela viagem gratuita impregnavam a barbearia de irrealidade. A cadeira nova — uma maravilha que o Estrela erguia à altura precisa com um tão pequeno esforço do pé que nem o coração dava conta — branca, reluzente, lembrava um altar de metafísicos sacrifícios. No grande espelho, em frente, a imagem do Lucas, atónita, parada, parecia estar à espera, para se mexer, do tiquetaque da tesoura adormecida. O violão em baixo, ao canto, continuava a espreitar.
— A nada?!
— Pois!
Avivou-se ainda mais no rosto do Estrela e da companheira o clarão de há pouco. Sorriam como se tivessem roubado à vida uma areia sagrada, um minuto doirado.
— Passear?!!!
— Pois!
Caladas, as moscas dançavam na sala cheia de quietude, espanto e silêncio. O sol de Maio, claro, tépido, entrava pelas duas portas de vidro e ficava pasmado a ver aquilo.
Ao cabo de uns segundos assim, os ponteiros do relógio da torre, à esquina, chegaram às quatro e meia. O ruído duro e desesperado dos rodízios caiu do alto, atravessou o largo, entrou na loja e saiu quase logo para dar entrada à meia hora maciça que o sino grande bateu.
Acordaram todos.
— Quantas?

O Estrela encostou os olhos à vidraça e olhou de esguelha o mostrador.

— Quatro e meia.

— Passear!... — murmurou o Lucas, a remoer um pensamento fundo, de oficial de diligências.

— Olarila! Por sinal que nos perdemos... Lembras-te, Aninhas?

— Se lembro!...

— Foi na rua... na rua... Ora deixa-me pensar... Rua do...

Mas a cabeça de ambos, nos últimos tempos, atraiçoava-os miseràvelmente. Que, de resto, não era admiração nenhuma... Já lá ia um par de anos... Mil novecentos e seis... Ou não?

A mulher disse que sim, e o Estrela continuou.

— Estava então no poder... Quem era?

— O Fontes, talvez... — tentou ajudar o Lucas.

— Qual Fontes, nem meio Fontes! Onde ia o Fontes! O que se segue é que ao sair da estação...

Perdidos, o Estrela e a mulher vaguearam então por aquele mar de gente, na maior emoção da sua vida.

— O senhor não encontrou por acaso o meu Manuel? Um sujeito gordo, baixo, moreno...

— A senhora não me sabe dizer se a minha Ana andará aí por cima? Uma criatura franzina, de vestido azul...

Nem os polícias nem os paisanos tinham paciência de os atender e de lhes dar relação. A cidade, já de si desmedida, tomava proporções infinitas aos olhos de ambos. Para todas as direcções era o cabo do mundo. O Estrela subira até ao alto da Avenida, e a mulher descera até o fim da rua do Ouro.

— Oh, seu basbaque, não tem olhos?! — e o Estrela via ainda o rosto severo dum senhor bem vestido a acusá-lo do encontrão involuntário que lhe dera.

— Faça favor de desculpar!

Voltara-se, a justificar delicadamente a distracção, mas já o outro caminhava muito direito pela calçada fora sem lhe dar crédito.

— Malcriadão!

Mas o pior era o resto, a sua Ana.

— Mata-se! Vê-se para aí desgraçada, e atira-se ao rio!

A mulher olhava-o enternecida, a beber-lhe as palavras.

Dirigiu-se a um novo polícia.

— Queira desculpar. A minha graça é Manuel Estrela. Vinha com a patroa, e de repente não sei que sumiço ela teve, que não há maneira de a encontrar!

O cívico ria-se, o alma do diabo! E nisto...

— Manuel! Manuel!

Então não era ela?!

— Eras ou não, Aninhas?

A mulher disse que sim com um sorriso que lhe fazia os olhos ainda mais pequeninos.

— Tal e qual! Do pé para mão... Há coisas! Contado, não se acredita. Quantos dias nos demorámos ainda lá?

— Três... E se tínhamos ficado mais um, víamos o rei...

— É verdade...

— Qual?

Olharam-se ambos, numa ajuda mútua.

— Devia ser o D. Carlos... Ora em mil novecentos...

O ruído dos rodízios do relógio quebrou a data ao meio. As cinco horas vieram logo a seguir.
— Quantas?
— Cinco.
— Cinco?!!!
O Lucas deu um safanão aos sentidos, a chamá-los à vida.
— Com mil demónios!!
— Isto também está acabado...
Calmamente, o Estrela acabou de aparar os últimos pêlos. A seguir limpou o pescoço, pôs alcool na cara, enquanto o outro se mexia aflito na cadeira.
— Prontinho!
Num repelão, o freguês ergueu-se, pagou e saiu espavorido, atrasado no tempo e na hora que o juiz marcara para um arresto; e os dois ficaram silenciosos a vê-lo correr e sumir-se na rua do Alecrim.
— Bom homem, este Lucas! — disse por fim o Estrela, sem grande convicção.
— É... É... — repetiu, como um eco, a mulher.
A tarde caía docemente. O Estrela pegou no violão sentou-se e tirou dele um acorde que encheu a praça. Depois carregou a fundo na inspiração:

Se estou melhor das maleitas,
Se estou melhor das maleitas...

— Este bordão novo não presta. Ou então é do cavalete...
— Experimenta outro...

A voz dela, mansa, submissa, parecia ainda sair da loja fechada e triste.

Da sapataria via-se o largo inteiro; e, sem querer, olharam todos na direcção do 43.

— Uma verdadeira santa! — disse melancòlicamente o Mamede. — Uma mulher assim faz a felicidade dum homem...

— Lá isso... — confessou, de consciência carregada, a Berta, que punha a alma negra ao marido.

— Era o que o seu Manuel dissesse. Ninguém lhe conheceu outro querer. E a prova é que, apenas ele fechou os olhos, fechou os dela também. Não tinham mais que ver neste mundo.

Uma dor

Sempre que na Praça Velha se fala em dramas, vem à baila quantos a vida ali quis, menos um. Nesse pitoresco e triangular soalheiro da cidade, aos domingos, que é quando o Zé Correeiro, o Pinto da farmácia, o Rebelo alfaiate e outros se juntam, inventariam-se todas as dores humanas que se arrastaram por aquelas lajes, salvo a que foi talvez a maior. É que nenhum deles a conheceu, apesar do convívio aturado que tiveram com o desgraçado que a suportou.

Depois de largos anos de ausência, mal o navio atracou e o Rolim viu a mulher no cais a sacudir o lenço, o coração bateu-lhe dentro do peito, alarmado: — Ah! Manuel, que estás perdido!

Estaria realmente? Olha agora! Podia lá conceber que a força humana que ele era — um cabra do mundo, como costumava dizer, cúmplice de duas mortes, com dez anos de cadeia no lombo, uma bala no peito e uma cicatriz na cara do tamanho duma fava —, fosse render-se a um espantalho de saias! Até o diabo se ria.

Mas quando, já reintegrado no lar, sentado à cabeceira da mesa, passou a ouvir diàriamente o mesmo estribilho: — Come! Bebe! Come! Bebe! —, compreendeu, aterrado, a razão de ser do pressentimento.

Vinha folgado. Contudo, sem grande custo, porque sempre a garlopa lhe fizera fitas no sangue, uma semana depois da chegada estava numa oficina a aparelhar madeira. Como um boi que andasse durante anos à moina e regressasse honradamente ao jugo, assim ele se dobrava para o banco do ofício. Doíam-lhe as cruzes, saltava-lhe a casca das mãos, o suor queimava-lhe a carne, mas era com alegria funda, de raiz, que via a tábua lisa e desempenada. As ruas de S. Francisco, os automóveis, os cafés, e tudo o que fizera parte da sua pessoa durante anos, morrera diante das três pancadas gratuitas que deu no fim de pregar o primeiro prego. Elas significavam o reencontro com a liberdade e a esperança. E a fala de Sing-Sing ou da fábrica de álcool que tivera sob uma avenida da grande cidade americana, era de um homem irreal que falava, lendário herói dessas estranhas aventuras. Em alguns dias apenas, a sua natureza retomara as feições puras da origem. Tivesse ele outra terra a recebê-lo — a terra humana da companheira —, e aquela praça modesta seria um doce berço de velhice, como fora já um doce berço de infância. Entre os dois extremos havia, evidentemente, a América... A chegada, a atrapalhação da língua, os primeiros meses na oficina, o desemprego, a sociedade com um de Pombal, o contrabando, a perseguição da polícia, a morte dos dois agentes, a cadeia... Havia um interregno de aflições, violências e horrores, mas havia um nenúfar a pairar nesse lodo. Assim outra compreensão o recebesse, e lhe deixasse abrir as portas do coração.

 Infelizmente, a Teresa, a esposa, não era um ser humano. Era um espectro, que sorria e gelava um homem. Aceitava a densa negrura do sinistro registro criminal que ele trazia no corpo e no passaporte, e nada mais. Queria-o durante todo aquele tempo casto como ela permanecera...

Anos e anos, não obstante a evidência dos factos, persistiu na doce ilusão de a vencer. Seria lá possível que uma coisa tão natural, tão pura, tivesse de morrer enterrada como um pesadelo no fundo da consciência?! O certo é que os invernos foram passando, sem que uma aberta, uma condescendência, um afrouxar de rédea lhe permitissem despejar a alma.

— Maldita mulher! — gemia desesperado — Será que não arrajarei um dia coragem?!

Já com os pés para a cova, sentado ao sol nos degraus do chafariz, de olhos postos no cunhal da igreja de S. Tiago, teimava ainda. Devagar, num misto de ufania e de arrependimento, punha-se a desdobrar a meada do seu passado tenebroso, a pensar no remate imprevisto e bonito. Mas o vulto da companheira assomava à janela e fazia-o virar de rumo justamente quando se aproximava de certa rua de S. Francisco... Aí, à entrada desse defeso, a voz estremecia-lhe, arrasavam-se-lhe os olhos de água, e não contava mais. Um vizinho e amigo, o Julião, que sabia o que são fraquezas, teve por várias vezes a mão rude de serralheiro quase a tocar a ferida. A abrir também o saco, a contar cabeçadas que dera, erros da mocidade, e complicações que arranjara em casa, ia como que escavando a raiz dolorosa e profunda do mistério. Desgraçadamente, quando o caminho parecia aberto para que o negregado segredo fosse posto ao sol em toda a pureza, o Rolim olhava de esguelha o andar onde morava, acendia um cigarro, sorvia, sorvia, até queimar os lábios na pirisca numa aterrada maceração disciplinadora, e mudava de conversa.

— Você parece que tem um certo respeito à patroa... — insinuou-lhe o outro, em dada altura.

— Bem, compreende... — e não adiantou mais.

Há muito já que deixara de trabalhar, incapaz de empurrar a plaina contra os nós da madeira. O mestre da oficina dissera-lhe que, enfim, tivesse paciência, mas chegara a ocasião de dar lugar a um novo. E começou o último acto da agonia, agora já sem a distracção do trabalho a adormecer a consciência, e sem uma gota de esperança a adoçar o cálix de amargura. Quando a catarreira, que as noitadas de S. Francisco lhe geraram no arcaboiço, apertou, com o derradeiro lampejo de vida nos olhos, a babujar sílabas angustiosas na brancura da sobrepeliz do padre Jacinto, que generosamente passou por cima dos pecados velhos e lhe veio dar a extrema-unção, metia pena. Adivinhava-se naquela ânsia, naquele arfar, que a celeste anestesia dos sagrados óleos não abrangia a chaga maior.

Rebelde a todos os tratamentos, a bronquite acabou por lhe cansar a última célula do corpo. Morreu, o Julião calcou-lhe a terra na cova, a consorte remiu-lhe a cumplicidade nos dois crimes com doze missas a eito, e na Praça Velha, a falar dele, niguém passa da tal esquina dolorosa de S. Francisco onde os seus passos sempre se detiveram.

E, contudo, o que a mulher nunca lhe deixou dizer, confessar, era, afinal, mais simples e natural que a morte a tiro de pistola metralhadora dos guardas federais.

Nunca a razão simples do Rolim compreendeu o absurdo de poder falar na Praça Velha das suas traficâncias, dos seus crimes, dos milhares de dólares ganhos e perdidos à sombra da lei seca, e não lhe ser permitido cobrir tanta escuridão com a toalha branca dum acto procriador.

Mas a vida é assim. Engana, engana, e, quando a gente já não pode mais, mostra o jogo.

Na lufa-lufa das ruas da tentacular cidade do Pacífico, corre aqui, manqueja acolá, sempre de gatilho aperrado, quem havia de dizer ao Rolim que a sua cadeira eléctrica estava na Praça Velha, não por ter assassinado ou roubado, mas por amar?!

Cansado do sangue bravio do embarcadiço, depois de lhe mostrar por dez anos como se vive numa boa penitenciária americana, o Governo repatriou-o. E o desgraçado, quando varado em terra, na sua terra, julgava que tinha as contas saldadas, o destino apresentava-lhas de novo, acrescidas de juros. Altos desígnios de Deus, era certamente o que lhe dizia o padre Jacinto, na hora de agonia. Cruéis desígnios, se o dia de sol que o iluminara outrora, quente, amplo, levedado na grande pátria de cento e cinquenta milhões de habitantes, tinha de anoitecer assim, sem um vislumbre de madrugada. Se a carícia de uma mão inocente no intervalo dos crimes valia como um nefando pecado sem pública confissão.

E parecia tão fácil, à primeira vista, contar tudo! Dizer apenas isto:

— Tenho uma filha, lá, em S. Francisco!

Mas qual o quê! Bastava olhar a esposa, para se ver logo que era impossível. E o Rolim apertava ao peito a imagem longínqua como se fosse um cilício. O próprio retrato da pequenita, o único testemunho físico que lhe restava, foi preciso rasgá-lo um dia. Trazia-o escondido debaixo da tampa do relógio. E com medo dos olhos coscovilheiros da companheira, que chegavam ao mais secreto escaninho, rangeu os dentes, chorou de raiva e de impotência, e desfê-lo em pedaços. Era um domingo à tardinha. Saíra a passeio pela estrada do rio, e caminhava a esmo pelos campos fora. Uma leira de cevada a despontar, verde e viva, enchia o mundo de esperança. Mas nem este incitamento da natureza o impediu. Incapaz de lutar com a mulher — ele que lutara com tanta gente! —, desfez a relíquia em mil bocadinhos e deitou-a a um poço.

Fiel até o fim, ficou apenas o seu coração. Sem outra expressão visível que não fossem súbitas e ansiosas pancadas que dava de quando em quando, recusou-se obstinadamente a esquecer o serzinho distante que no instantâneo sorria coroado de cabelos loiros. E, dentro da sua última contracção, foi guardada para sepultura a dor profunda do Rolim, que a Praça Velha não conheceu: — a dor de ter uma filha que ele amava acima de todas as coisas, e que nunca pode pôr ao lado dos seus crimes a equilibrar a balança.

O Teixeirinha

Com a chegada da primavera o coração do Teixeirinha tomou alento. Perdeu aquela sofreguidão no bater, deixou de ser dentro do peito uma presença contínua e inquieta, e até se pôs a puxar o sangue das pernas com tal seriedade que o inchaço dos tornozelos já mal se notava.

O médico nem queria acreditar.

— Parabéns! Muitos parabéns!

O Teixeirinha, na cama, arregalava os olhos a ver se compreendia.

— Não há dúvida, temos homem!

A tensão arterial acabou por varrer as restrições. Parecia dum rapaz. E o clínico abria generosamente o saco das condescendências.

Quê?! Sair do quarto?! As palavras do doutor soavam como alucinações nos ouvidos do doente.

Mas era de facto licença para sair. Tentar mesmo um pequeno passeio.

— Até à loja? — arriscou o Teixeirinha, a tremer por dentro.

— Sim. Muito devagar, depois do almoço... Vamos lá experimentar...

O Teixeirinha teve ganas de beijar o facultativo e a Joana, a criada. Ir à loja! Mas eles saberiam, realmente, o que significava uma pessoa sair do quarto, onde estava amarrado há dez meses, e poder regressar ao cenário das suas aventuras? Talvez não. Pelo que diz respeito ao médico, deu a licença e pôs-se estùpidamente a acomodar dentro da caixa os aparelhos de observação; a Joana, essa, enchia como de costume o lavatório de água. Parva de vida! Uns a pensar em alhos, outros a pensar em bugalhos! Enfim, ele Teixeirinha sabia o valor do acontecimento. E isso é que importava.

Apenas o doutor saiu, começou a erguer-se. E, mal pôs a perna direita fora da cama, trocou a comoção cósmica que o inundava por um sentimento de piedoso e pessoal enternecimento. Que miséria humana! Que ruína!

Trémula, branca, magra, com um pé lá na ponta engelhado do edema que tivera e já não tinha, a perna parecia ouvir as palavras e agradecer em silêncio, em nome do corpo, o calor que ressumavam.

— Como tu estás criatura!

Quando puxou a outra da bainha dos lençóis, a onda de ternura passara.

A Joana entrou no quarto, repreensiva.

— Devagar! Olhe que não há fogo na Sé!

Não havia fogo na Sé, mas havia uma razão maior de alvoroço. Ir à loja!

O almoço foi um calvário. A governanta insistia, ralava-se, mas a boca do doente fechava-se a tudo. Os olhos é que comiam a rua pela vidraça.

E chegou, finalmente, a grande hora.

Lívido, pequenino, o Teixeirinha transpôs a porta. E, no momento preciso em que o relógio de Santa Clara batia as duas, estava ele em pé na calçada. Da janela, solícita, a Joana guardava-lhe os primeiros passos. Mas em breve o doente, lépido, dobrou a esquina, e lhe fugiu da vista.

Só! Só e fortificado no estabelecimento, como vivera sempre — é que se sentiria bem. E continuava a esgueirar-se pelo passeio fora como um menino que fosse escapulir-se à escola para ir jogar um jogo.

Meio ofegante, meio sonâmbulo, chegou ao jardim.

Roseiras de mil cores, um canteiro de amores-perfeitos, uma japoneira vermelha como um pimentão.

Abril... Nunca tinha reparado que na primavera todo aquele mundo verde floria... Afinal, cobria-se de pétalas... E era agradável de ver, sim senhor!... Se não tivesse a loja... Assim, podia lá pensar em jardins! Que bem que cheirava o diabo da magnólia!

Caminhava depressa, sem querer nem poder pautar as pernas pelas ordens do doutor. Mas à medida que o perfume começou a diluir-se, a apagar-se, pôs-se insensivelmente a atrasar o passo. Ia agora devagarinho, como a esticar um fio que não quisesse partir. Que rico cheiro aquele! Que delícia! Nunca na vida cheirara coisa igual!

O fio acabou por se quebrar. Entrou-lhe pelo nariz dentro o odor quente do excremento duma mula, que passava a puxar uma carroça e deixou cair o presente a fumegar.

A loja! A loja, e o resto eram cantigas!

Apertou outra vez o passo.

A igreja da Misericórdia apareceu-lhe de repente à direita. Vinha a sair um casamento.

A noiva... O noivo... Flores de laranjeira...

Há coisas! Bonita, o demónio da rapariga! E ficava-lhe bem o véu! Punhados de arroz sobre o cortejo... Se calhar comprado na *Casa Teixeira, Limitada*... Engraçado isto de casar! E lá iam todos contentes...

Ele é que nunca casara!... Nem sequer se lembrara disso... Podia lá pensar em casamentos um homem com uma vida como a sua! A doença dera-lhe cabo do miolo. Casar! Aquela cabeça, aquela cabeça! Casar! Aturar a mulher, aturar os filhos...

Virada a rua, apareceu-lhe um batalhão de infantaria. À frente, a música; atrás, o bom do tarata, a marchar. Gente aos vivas, colchas nas janelas... Que diabo era aquilo?

Ai, é verdade, a guerra acabara. Até se tinha esquecido! Lá se livrara em novo da estopada da militança... Agora pegassem-lhe pelas pestanas. Guerra! Não faltava mais nada! Um cristão na sua loja, na sua vida, e, sem mais para quê, mobilizado!... Safa! Por detrás do balcão, sossegadinho, e foi ganhar dinheiro até lhe chegar com um dedo! Bons tempos...

Ora lá estava ela, a mercearia. E já lhe tinham mudado do lugar, à porta, os sacos de macarrão! Uma pessoa não estar à frente do que é seu! *Preços sem concorrência...* Outra. Preços sem concorrência! Preços fixos. Preços fixos, é que ele escrevera!

Indignado, apressou mais o passo. Sùbitamente, parou. Não. Ia pregar uma partida ao pessoal. Já agora... Encostava-se à parede, disfarçava-se, e aparecia-lhes de repente pela porta do lado.

Mas fora visto. Quando, sorrateiro, entrou, um dos marçanos gritava como um possesso:

— Senhor Timóteo! Senhor Timóteo!

O empregado mais velho, que fazia de gerente, saiu do armazém, alvoroçado.

— Que é?

— É... É...

Nem um fantasma que ali surgisse de repente causaria tanta aflição.

— Oh! Oh! Mas então!... O senhor Teixeira?!... Parece impossível!

O coitado nem tinha palavras. Saiu-se daquele espanto e daquela perturbação com um acto de solicitude.

— Um banco, rapaz! Um banco depressa, aqui para o senhor Teixeira.

O Teixeirinha não queria banco nenhum. Estava bem. Não lhe apetecia sentar-se.

Mas o Timóteo consentia lá que o senhor Teixeira ficasse em pé! Um banco, ora essa!

Não houve outro remédio.

E então que mandava o senhor Teixeira? Pela loja! Que grande dia! E de repente, sem prevenir! Mas devia ter cautela... As coisas de coração eram muito sérias!...

O Teixeirinha concordou, com um aceno grave de cabeça.

— É o motor!...

— Pois é...

— E quando ele pára...!

O Teixeirinha fazia prodígios para se conter.

— Também não exagerar, senhor Timóteo!

— Qual exagerar! Se fosse outro orgão qualquer... Agora coração!

Já com a voz a tremer-lhe de impaciência, o doente proibiu terminantemente que lhe falassem mais de doenças. Sentia perfeitamente, e queria era saber como iam as vendas, que faltas havia...

Bem. Mesmo o melhor possível... Quanto a negócios, podia o senhor Teixeira dormir sossegado. Tratasse da saúde, que estava em primeiro lugar, e não se preocupasse. Para isso lá estava ele, Timóteo. Coração! Caramba, que um dia tivera uma pontada e vira-se em palpos de aranha! O que valeu é que telefonaram logo ao Doutor Gomes... Dera-lhe imediatamente uma injecção de óleo canforado! Coração... Livra!

O Teixeirinha ardia todo por dentro. Apontou à esquerda e perguntou, com secura:

— Que bacalhau é aquele?

— É o que há... Inglês... Mas pelo amor de Deus, senhor Teixeira!

Os marçanos, de olhos arregalados, assistiam do balcão àquela luta entre o passado e o presente.

— Bem, vamos lá dentro, que quero ver a escrita...

A escrita! O senhor Teixeira cavava a própria sepultura!... Contas! Acabado de sair da cama, de mais a mais!

Mas já o Teixeirinha se encaminhava para o escritório.

— Enfim, uma vez que o Senhor Teixeira insiste... Devo dizer, contudo, que discordo absolutamente!

O Teixeirinha acabou por perder a paciência. E fitou o empregado com severidade. Afinal quem sabia mais: o médico que o autorizara a sair, ou ele, Timóteo?

Médicos! O senhor Teixeira era ainda de bom tempo! Os médicos, às vezes, cala-te boca! Então o Doutor Vieira não dera licença ao Guedes para comer de tudo, e o rapaz não foi desta empandeirado no dia seguinte? Médicos! Ia é chamar um táxi para levar o senhor Teixeira a casa. E já, que estava a arrefecer. A saudinha em primeiro lugar! Não queria responsabilidades.

O Teixeirinha ainda tentou lutar. Mas, apenas tinha dado mais dois passos a caminho do escritório, paralisou-o a voz do gerente ao telefone.

— Sim. Um carro imediatamente!

Não havia nada a fazer. De que valia ranger os dentes, se à raiva que o afogueava respondia daí a pouco o som escarninho da buzina em frente da casa?

Desanimado, voltou-se. Olhou o armazém através do arco de comunicação, e depois a loja. *Preços sem concorrência...* os sacos de massa fora do lugar... arroz vertido pelo chão... Que trapalhada!

Entrou uma criada de servir a comprar sabão.

— Credo, santo nome de Jesus! Ele é o senhor Teixeira?! Até tive medo!

Reagia como se estivesse a ver um ressuscitado.

— Tão magrinho! Ainda está muito doente, muito desfigurado!

O Teixeirinha fitou-a com amargura. Depois, calado, dirigiu-se para a porta e entrou no automóvel.

— Devagar, por causa dos solavancos! — recomendou o gerente. — Com coisas de coração não se brinca!

O motorista disse que sim, e o veículo partiu.

Fechado dentro dele, e a fugir de tudo — da loja, da Igreja da Misericórdia, do jardim —, o Teixeirinha sentia como que a realidade a escoar-se-lhe das mãos.

Sùbitamente, teve um arranco de indignação: afinal de quem era a mercearia?

Pràticamente, do senhor Timóteo... — respondeu-lhe, implacável, uma voz interior.

Sem querer incomodar-se a demonstrar a inconsistência de semelhante disparate, pôs-se antes a recordar a cena do casamento que presenciara à vinda.

Sobressaltado, repreendeu-se: que lembrança parva era aquela?... Ele nem sequer conhecia os noivos!...

Ah! mas cheirara as rosas!

Rosas?! Sim, realmente... O pior é que logo a seguir veio a porcaria do excremento da mula... Flores! Valha-te Deus, Teixeira!...

O automóvel parou, e a Joana desceu aflita.

— Eu logo vi que piorava! Botava o menino fora, se não ia a correr... Maldita loja e mais o amor que lhe tem! Não está farto de a ver?!

— Estou...

A Joana olhou-o aterrorizada. Em que estado ele vinha! Lindo serviço! O melhor era o *chauffeur* passar por casa do doutor e trazê-lo imediatamente. Que o passeio fizera mal ao senhor Teixeira, e fizesse favor de não se demorar.

Afinal o médico não achou grande diferença. Os pés inchados, realmente, uma alteraçãozita no pulso, mas, enfim, nada de alarmar. Era de opinião que dali a dois ou três dias se tentasse nova experiência.

— Para quê? — perguntou da cama o Teixeirinha.

— Para quê?! — responderam com espanto, ao mesmo tempo, o médico e a criada.

— Sim, para quê? — perguntou de novo, com voz fria, o doente.
— Para que sim! Então a sua loja, senhor Teixeira?!
— A loja...
Ficaram ambos à espera. Mas o coração do enfermo, fiel ao dono, não o deixou trair-se. O que vinha a seguir não devia ser dito pela boca do Teixeirinha.

Um dia triste

Tinha sido um dia triste. Logo pela manhã, às sete, uma chamada para a rua do Borralho. Febre tifóide. Um caso tão desesperado, que não havia nada a fazer. O desgraçado dum sapateiro. Mulher, quatro filhos e uma perfuração intestinal! Peritonite, intoxicação profunda, o pulso a falhar, — na última.

— Tenham paciência...

Um silêncio pesado que durou nem ele sabia quanto tempo. Depois, lágrimas, soluços abafados, e esta pergunta estranha:

— Quanto é, senhor Doutor?

— Trinta escudos.

A resposta saíra-lhe da boca sem ele dar conta.

— Faça favor...

Uma nota de vinte e uma moeda de dez.

Meteu aquilo ao bolso, e começou a descer as escadas. Ia a pensar: afinal, trinta escudos... mulher... quatro filhos... sapateiro...

Ao chegar à porta chovia. E bastou a primeira bátega, tocada pelo vento, bater-lhe em cheio no rosto para que, misteriosamente, se lhe varressem da consciência todos os escrúpulos e, conformado, se apoderasse do "legítimo fruto do seu trabalho".

Já não sabia bem se fora a esposa, em casa, ou ele ainda pela rua fora e sempre debaixo de água, que pronunciara a fórmula justificativa, e acrescentara:

— É triste, mas que se lhe há-de fazer?

Almoçou. A lembrança do sapateiro a agonizar chegava-lhe de vez em quando à garganta, misturada nas batatas ensopadas com bacalhau. Engasgava-se e tossia.

— Ó homem de Deus! Come devagar, que tens tempo!

Tempo... era como quem diz. Lá estava já outra chamada para os Anjos.

— Quem é? — perguntou a mulher, com aquela eterna curiosidade que o irritava.

— Sei lá!

Era a filha dum pobre tipógrafo, com anginas. Mas o aspecto da garganta desagradou-lhe. Não existiam membranas, é certo... Em todo o caso, para ser uma coisa banal... Dizia ou não dizia a palavra?

A mãe da pequena parecia que lhe adivinhava os pensamentos:

— Tenho tanto medo que seja garrotilho! Será?

— Quê?

Dava soro, ou não dava? — era o dilema em que se debatia. E quando a mulherzinha perguntou de novo ainda oscilava entre os dois diagnósticos.

— Não é... — arriscou por fim.

A resposta tranquilizou-o quase tanto como à pobre criatura.

— Rainha Santa bendita! Levo-lhe uma vela, na altura da festa.

Receitou com mão firme. A seguir perdeu-se em largas explicações.
— E até amanhã.
— O meu marido depois lá vai falar com V. Ex.ª...
— Muito bem.
Pegou no chapéu. E se fosse difteria? Talvez não.
Já no patamar, voltou-se:
— Se a criança começasse a sentir falta de ar, chamavam-me imediatamente!
— Ó senhor Doutor! Há quatro dias que não saio de ao pé dela... Se isso acontecesse, ia logo a correr! Credo!

No consultório era o sudário de sempre: a Isabel para fazer pneumo, o Costa cada vez mais amarelo da icterícia, o Mendes com aquela ferida que nem atava nem desatava, e o Samuel a cuidar que o cálcio salvava o mundo.

No fim da consulta lavou as mãos, vestiu o sobretudo, pôs o chapéu, disse adeus à empregada, e saiu para a rua como se emergisse dum charco.

Eram precisamente sete e meia. As lojas tinham-se esvaziado já de empregados, e caíra sobre a cidade uma calma quase opressiva.

Paz de cemitério, de fim de feira — pensou sem querer. E sentiu-se em equilíbrio com a sonolência da vida.

Passou um eléctrico quase vazio. Levantou os olhos e leu, com o espanto de quem descobre dinheiro esquecido numa algibeira: — Graça.

— É o meu! — exclamou em voz alta.

Ia a correr, mas já o condutor, seu conhecido, tocava, solícito, a campainha.

— Tem tempo, senhor Doutor! Tem tempo! Espera-se...
— Obrigado.
— De nada...
— Desculpe, mas vinha distraído...
— Ora essa!

E se fosse difteria, realmente? Meteu automàticamente a mão ao bolso e pagou o bilhete. Talvez não. Teriam telefonado. Com certeza a pequena estava melhor.

Em casa não havia novidades. Apenas um recado para ir imediatamente à rua Direita.

— Disseram de que se tratava?
— Um parto — esclareceu a mulher. — Mas jantas primeiro.

E deu então todas as explicações. Uma pobre de Cristo. Sòzinha no quarto dum terceiro andar... Desgraças... Podia comer com sossego, porque ainda demorava. Pelo que ouvira, era o primeiro. De maneira que...

Enquanto entalava a ponta do guardanapo entre o pescoço e o colarinho, ia ouvindo aquela voz de falsete, perfurante, que sempre detestara.

— Por isso, tens tempos.

Engoliu a sopa sem dizer nada, e no fim ergueu-se.

— Onde vais?
— Vou então lá ver a doente...

A mulher olhou-o com os olhos severos das grandes horas. Mas ele fechou-lhe a porta na cara, e saiu com a caixa de ferros debaixo do braço.

Ao cabo de meia hora de caminho, sem encontrar um eléctrico sequer, bateu no número 143.

— É o médico! — gritou alguém que espreitara da janela.

Esperou ainda um instante, e por fim o trinco da fechadura rangeu.

— Faça favor de entrar, de se recolher da chuva... Afinal...

— Quê!? Já não sou preciso?! — perguntou com melancólica desilusão.

— Graças a Deus, a portadora a chegar e ela a ter a criança. Já foi até a mesma rapariga telefonar para casa de V. Ex.ª, a dizer...

— Bem. Melhor! Pronto! Até amanhã.

Hesitava em sair. E a mulherzinha, dando àquele embaraço uma explicação prática, tentou clarificar a situação:

— Ela é uma desgraçada... Em todo o caso o senhor Doutor faça o favor de dizer quanto se lhe deve...

— De quê?

— Da maçada...

— Ah! — E pôs-se a subir as escadas.

— Onde é?...

— Mais em cima, à esquerda. Aqui, nesta porta. Tenha a bondade de desculpar. Isto está tudo desarrumado. Mas nestas ocasiões...

O velho cheiro seu conhecido, de mulher parida.

— Olé!

Dois olhos duma claridade estranha, calmos e penetrantes, olharam-no do fundo do quarto.

— Então cá se arranjou sem mim?!

— Graças à Virgem...

Aproximou-se.

— E o herdeiro?

Com uma graça que ele nunca tinha visto no mundo, a mulher mostrou o filho.

— Ó seu malandrão!

Resumiu assim uma ternura súbita que o invadia e lhe dava um aperto na garganta.

— Posso sentar-me um bocadinho, a descansar?

— Faça favor. Júlia, tira dali aqueles panos!

A mulher que o recebera à porta limpou a cadeira, chegou-lha, e perguntou à amiga se podia ir a casa deitar os garotos dela. Podia.

E eles ficaram sós.

O dia tinha sido triste. Um caso perdido logo pela manhã, as anginas da pequena (afinal talvez tivesse feito bem em não injectar soro), o painel habitual do consultório, e uma chuva miúda, fria, a repassar tudo. Por isso sabia bem agora estar ali assim, a olhar aquela rapariga de olhos claros, parida, com o rosto calmo e cansado de quem acabara de vencer e corrente dum grande rio.

— Então o pai do nosso homem?

Ele próprio sentiu a impertinência da pergunta. Mas tentava conseguir um pouco de intimidade que o libertasse da ambígua situação de hóspede no quarto duma desconhecida que não precisava da sua assistência.

Ela não respondeu logo. Olhou-o primeiro fixamente, teve um sorriso cheio de dignidade, e só então falou.

— O senhor Doutor não conhece...

Sorriu melancòlicamente. Fechavam-lhe a única janela por onde poderia contemplar uma hora bonita daquele dia.

— É possível... De resto só perguntei por estranhar que ele não estivesse junto de si nesta ocasião...

Insensivelmente iam caindo ambos na armadilha que o acaso estende aos mortais a cada momento. Há minutos ainda, julgavam que eram dois estranhos que o destino quisera a princípio reunir, resolvera depois afastar, e acabara por aproximar de novo sem nenhuma razão. As primeiras palavras tinham nascido hesitantes, proferidas a medo. E agora estavam a caminho de falar um na coisa mais íntima que guardava no coração, e o outro de ouvir as palavras mais íntimas que escutara em toda a sua vida.

— Não sabe.
— Ah! Assim já compreendo...
— Mas mesmo que soubesse não podia estar aqui.
— Mora então muito longe?
— Muito...
— No Brasil, talvez...
— Não. Cá
— Na cidade?
— Sim. No cemitério.

A palavra negra adensou a penumbra do quarto. O cheiro adocicado de há pouco parecia agora ácido nas narinas.

— Desculpe se com a minha insistência lhe vim lembrar coisas tristes... Afinal...

Era tão difícil explicar-se!

— Não lembrou...
— Morreu então recentemente?
— Sete meses. Fê-los no dia quinze.

Sem querer, olharam ambos na direcção do recém-nascido.
— Estiveram muito tempo casados?
— Já era casado quando nos conhecemos...
Uma pancada forte do coração avisou-o de que pisara terreno pantanoso.
— Estou a cansá-la. Um médico, de mais a mais...
Levantava-se ou não se levantava? Mas que paz, estar ali sentado, a ouvi-la, ainda quente do parto, com chuva miúda a bater na janela!
— Sinto-me bem.
— Morreu então logo depois de se conhecerem?
— Passados três meses...
— Alguns desastre?
— Envenenado.
O coração tornou a bater-lhe com força dentro do peito. Pronto!
A desgraça é que não podia resistir à tentação.
— Suicidou-se?
— Não tinha essa coragem!... Todos pensaram que sim, que teve... Mas não. Foi preciso ajudá-lo...
— Morreu aqui?
— Deus me livre! Em casa dele... Ao pé da mulher...
Calaram-se. E o silêncio pesado que se fez como que desceu aos poucos as pálpebras cansadas da parida. Mergulhado num abismo de pensamentos confusos, e a vê-la desfocada na brancura da travesseira, esperou que dormisse profundamente.
A vizinha voltou. Abriu a porta, subiu as escadas e, como não ouvisse barulho, entrou pé ante pé.

O médico fez sinal com o dedo, e disse baixinho:
— Está tudo bem. É deixá-la agora descansar.

Saiu, e a mulherzinha, em silêncio, acompanhou-o até ao rés-do-chão. E quando, já na rua, deu as boas-noites, com a chuva que caía entrou-lhe novamente na alma o frio daquele dia triste.

Música

A mesma *Voz da Justiça* que lhe deu a desgraçada nova do casamento dela, noticiou, quase no mesmo sítio, dois dias depois, a morte dele. Era um rapaz pobre, o Lopes. Filho do Roque sapateiro, a sua estrela, no dizer de todos, estava na loja do pai. Mas a igreja do Carmo, ali ao pé, consubstanciada num órgão que nela havia, mudou-lhe o rumo à vida. O Roque a ir à rua da Gala mercar uma pelica, e o filho a largar a banca, a esgueirar-se pela travessa do Rosário, a entrar no templo e a subir ao coro para ver, embasbacado, o padre Romão encher a nave de harmonia.

Era uma música lenta, repassada de paz, cheia de ressonâncias misteriosas. Vagarosas e brancas, as mãos do velho iam-na arrancando do nada. E o menino, preso do milagre, ficava esquecido e maravilhado, de olhos arregalados a contemplar o prestidigitador. Vezes a fio o êxtase foi quebrado por um ruído seco, brusco, inesperado, que só alguns segundos depois ardia e latejava na consciência do garoto. Bofetadas do pai, obstinado em que o filho não atraiçoasse a estrela. Mas, após dois anos de persistência, a incompreensão do sapateiro desanimou. E os dedos do rapaz começaram a percorrer inquietos, sôfregos, os três palmos de teclado.

Paciente e amigo, o padre Romão ajudava-o nos tropeções. Com a palavra quente e fraterna, vinha erguê-lo do chão do desânimo, sempre que, emperrado e cansado, desfalecia.

— Os maiores, meu santo! Os maiores! Neste mesmo ponto batalhei eu tempos infinitos!

O aprendiz contemplava o mestre. E da cabeleira branca, da fundura das rugas que lhe sulcavam a testa, e da boca fina e serena do ancião vinha-lhe o estímulo para prosseguir. Daí a pouco saltava o muro que o fizera parar.

Quando o santo homem morreu, era o sucessor indiscutido dele. Não havia partitura que os dedos do discípulo não decifrassem, com a vantagem de pôr o fogo da sua juventude na execução. E semelhante ardor, longe de desagradar, dizia bem a quem vinha ajoelhar-se em baixo, no lajedo da igreja. Os tempos iam ruins. Um vento de desespero atravessava o mundo. E todos os que sinceramente procuravam Deus traziam sede daquelas notas assim, simultâneamente belas e cruciantes. O próprio prior, acostumado à placidez do antigo colega, acabou por se convencer. A princípio arrepiavam-se-lhe os cabelos.

— Que música tocaste hoje, à missa?
— Foi um *Credo*.
— Aquilo era um *Credo*?!
— Pois era...

Calavam-se ambos. E como a admoestação não valia de nada, porque no domingo seguinte o organista reincidia, o capelão fez vista grossa. Abriu, sim, a boca, um mês depois, para exaltar um *Tantum Ergo* que ouviu pasmado do altar.

— Onde foste desencantar semelhate coisa, rapaz?
— Inventei-a...

— Olha lá: tu gostavas de sair daqui, de ver mundo, de aprender?

— Para quê!...

Uma força imperiosa que ninguém pôde domar tinha-o levado até ao coro, junto do padre Romão. Mas os anos, a morte dos pais, um ordenado miserável, e um desânimo que bebia no ar, tolhiam-lhe a vontade de ir mais longe.

— Gostavas, gostavas... Infelizmente, isto é tudo uma miséria... Também eu sonhei estudar Direito canónico em Roma, e acabei assim...

Despediram-se como se tivesse assinado um documento a exarar para a eternidade a mesquinhez do meio em que viviam. E a tristeza natural do organista redobrou.

— Lá vem o tumba! — diziam os comensais, à hora das refeições, quando o sentiam entrar na pensão.

E, de facto, sentava-se, recusava a sopa a meia voz, comia pouco, não bebia vinho, e levantava-se antes dos outros, sem responder direito a nenhuma pergunta, se lhe faziam.

Um dia, porém, foi como se tivesse semeado milho naquela terra, e lhe orvalhassem por cima. O rosto magro do Lopes verdejava de esperança. E todos quantos o conheciam olhavam-no com assombro. Dos quatro cantos da sala choviam indirectas. Só a D. Leocádia, que apesar dos meses em atraso tinha um fraco por ele, guardava as conveniências e o interpelava a sós, quando podia:

— A mim não me engana o senhor! Aí anda mistério!

O organista ria-se e mudava de conversa. Por nada deste mundo a sua timidez seria capaz de revelar a causa secreta da transfiguração.

A filha do Anastácio Martins não era uma forma humana sobre a qual se assentasse uma explicação. Era uma visão alta demais para ter nome e sentido.

Meses a fio o vulto dela o desassossegara, ajoelhado em frente do altar-mor todas as tardes, das seis às sete, precisamente à hora em que costumava estudar, na calada solidão da igreja. A princípio, realmente, ninguém o viera perturbar naquele refúgio murado e amplo, onde as notas, como ondas numa praia imensa, se estendiam pesadas e vagarosas. Uma tarde, porém, a sombra esguia da moça transpôs imperceptivelmente a grande porta. Viu-a atravessar sem ruído o transepto, e ir ajoelhar-se diante do altar da Virgem. Sem saber por quê, aflorou-lhe aos dedos o *Stabat Mater*. O som ergueu-se, encheu o silêncio, e o tempo deixou de ter medida. Quando ela se levantou e saiu, sem erguer sequer os olhos para o coro, era noite fechada. Desencantado, desceu também dos píncaros do inefável, onde pairava, e pôs-se a caminhar no duro chão da realidade. Na rua, pouco depois, a tropeçar nas saliências do empedrado, a vida pesava-lhe nos ombros muitos quilos a mais.

No dia seguinte, à mesma hora, repetiu-se a aparição. Cuidou que o coração lhe saltava do peito. E a emoção que sentira no dia anterior nasceu de novo e animou-lhe as mãos magras e nervosas. Tocou. Não o *Stabat Mater*, angustiado. Desta vez foi um *Salmo*, brando como uma carícia a um filho. Uma ternura que a si próprio se dava, não sabia por que dor futura. E aquele afago fazia-lhe bem.

Como na véspera, quando acordou, a noite caíra há muito na igreja e o vulto desaparecera. Mas não lhe deixara a solidão agreste temida. Milagrosamente, qualquer coisa nascera que não tinha forma, que não tinha nome, mas que lhe ficava na alma como um doce cilício e acompanhá-lo.

Pela semana fora, sem uma falta e pontualmente, ela veio sempre, obstinada, contudo, em não conhecer a cara do Orfeu infeliz. Mesmo quando as tardes cresceram, e podia vê-lo, se quisesse, nunca levantou sequer os olhos à pequena altura do coro. E ele, lá de cima, acabou por se resignar àquela comunhão cega e muda que sentia uni-los. O instinto estendeu generosamente a mão à pobreza da vontade. Continuaria na oculta adoração macerada. E como a sombra da timidez cobria a luz da paixão, ninguém deu pelo amor do organista.

Foi numa tarde que, inesperadamente, tudo mudou. Ia o Lopes a entrar na igreja, quando tropeçou numa linda mulher em carne e osso, que saía. Era a visão sua conhecida em pessoa humana! Parou como fulminado, e baixou os olhos, sem coragem de a fitar, fora do relance.

Ela, sim. Ela fixou-o durante algum tempo terna e angustiadamente, a envolvê-lo numa onda de desejo e renúncia. Depois, passou, saiu, e perdeu-se na rua.

Havia naquele encontro qualquer coisa que significava um adeus. Eurídice não pudera resistir mais, e aceitava a perdição, olhando o amado. Uma velada e feminina despedida, que o Lopes não entendeu. Por isso encheu-se duma esperança desmedida, subiu ao coro, tocou como nunca, sem reparar sequer que o vulto já não estava em frente do altar, puro e secreto como um fruto na penumbra da rama.

Foi então que ao jantar, na pensão, até o coronel Venâncio, muito surdo e sempre debruçado e sôfrego sobre o prato de bacalhau, descobriu que o vulcão ardia. Choveram insinuações. E o músico defendia-se como podia, mais por lhe parecer miragem a realidade, do que por se ver acossado. Tinha medo do sonho.

Contudo, nem a sua incredulidade conseguia abrandar a labareda. No menor gesto, na menor palavra, o rapaz traía o fogo que lhe lavrava na alma. A paixão, inconformada debaixo da terra dura do silêncio, erguia os torrões e mostrava a crista.

— Homem, você viu coisa! Anda moiro na costa...

O Lopes negava. E os dias iam correndo, agora numa tortura redobrada, porque, enigmàticamente, desde a tarde do encontro que nunca mais a visão aparecera. Doença? E o organista foi passar à porta do Anastácio Martins, a sondar. Nada. Nenhum sinal de preocupação na cara do negociante, que vendia panos do lado de lá do balcão.

Voltava. Acontecera certamente qualquer coisa que a impedia de sair de casa, mas voltava. Era esperar...

Decorrido um mês, ainda ele confiava nas mentiras da imaginação. Debatia mesmo na consciência este trágico problema: quando de novo a visse, confessava-lhe ou não lhe confessava o seu amor?

Depois duma grande luta, resolveu-se pelo sim, por uma declaração funda e solene:

— "Minha senhora: V. Ex.ª já deve ter reparado..."

Achava-se ridículo de antemão. E odiava a voz interior, surda a todas as razões, que o empurrava por aquele áspero caminho de exprimir claramente o que sentia em segredo. Mas tinha de ser.

Chegara à paz desta resolução, quando certo dia, à hora do almoço, no jornal aberto sobre a mesa descobriu uma notícia que não pôde deixar de ler:

CASAMENTO
Realiza-se amanhã, na igreja do Carmo,
o casamento da menina Teresa Martins,
filha do conceituado...

Ficou frio como se a morte lhe tivesse entrado nos ossos. A boca fechou-se-lhe ao resto da comida, e só a custo pôde levantar-se e sair. Vagueou então pela cidade como maluco. Era um dia de sol, florido e calmo. Até parecia absurdo que dentro de si houvesse tanta amargura. Mas havia.

Às seis da tarde, sem saber como, achou-se à porta da igreja. Entrou. O sacristão, ao vê-lo, aproximou-se e deu-lhe o recado:

— O senhor Prior manda que amanhã, às dez e meia, é preciso tocar num casamento. Veja lá, que é gente graúda e não pode esperar. Esteja a horas.

Disse que sim, e subiu lentamente as escadas do coro. Quando o outro quis fechar, foi preciso ir ao pé dele e bater-lhe no ombro. Parecia fora do mundo, a tocar.

— É noite!... Acabe lá com isso!

— Hã?

No dia seguinte levantou-se cedo. Abriu a janela do quarto, olhou os telhados do bairro e o rio calmo, preguiçoso, a correr ao longe. Ficou algum tempo a encher os olhos do velho quadro familiar, e desceu, por fim.

A D. Leocádia tinha o pequeno almoço na mesa, à espera. Bebeu só meia chávena de café estreme.
— Então não serve de mais nada?!
— Muito obrigado.
Ficaram calados algum tempo. Foi a velha que quebrou o silêncio constrangido.
— É hoje o casamento da filha do Martins...
— É...
A coitada suspirou.
— Bem, tenho de ir... — murmurou ele.
— Beba ao menos uma pinga de leite, vá! Quer um bocadinho de marmelada?
Parecia que a mesma angústia os roía.
— Não me apetece...
— Valha-nos Deus!...
— Vou-me lá, que são horas...
— É às dez?
— E meia...
— Se não fosse a praça, ia ouvi-lo...
— Não valia a pena. É sempre a mesma coisa...
Calaram-se de novo. Por fim ele ergueu-se, aproximou-se dela e tentou falar. A voz enrodilhou-se-lhe na garganta e os olhos arrasaram-se-lhe de água. Fitou-a. Também chorava. E de repente, sem dizerem nada, caíram nos braços um do outro.
— Bem sei que é muito infeliz, senhor Lopes!... Bem se...
Soluçavam ambos como crianças.
Foi um ruído qualquer na cozinha que os fez reagir. Desfizeram aquele nó de ternura, limparam os olhos com um sorriso, e ele disse adeus e partiu.

Cá fora a vida estava vestida de gala. Não havia erva que não tivesse a sua flor.

— Bom dia! — cumprimentou alegremente o sacristão, excitado pela espórtula choruda que contava receber.

— Bom dia.

Galgou ràpidamente as escadas do coro, sentou-se, pôs a cabeça entre as mãos, apoiou-se à esquina do orgão e ficou assim, sem dar acordo de nada, mergulhado num poço de desespero. Um berro seco, que lhe passou pelos ouvidos e foi bater no tecto do templo, acordou-o e trouxe-o à superfície.

Abriu os olhos. O altar parecia um céu incendiado de estrelas. Pela nave subia um rio lento e majestoso de gente. À frente, ao lado dum fantasma negro, uma nuvem de gaze.

Começaram a descer-lhe pela cara duas lágrimas quentes e pesadas.

Novo grito, agora de indignação, secou-lhe o pranto.

Premiu então, secamente, a primeira tecla. O som, como que envergonhado, correu a igreja toda à procura duma saída para fugir.

O cortejo ia subindo.

Fitou no papel, silenciosamente, um dó desamparado no meio dum compasso largo. Depois ergueu-se. O eco da primeira nota, já sem forças, vagueava ainda aflito através das colunas impassíveis.

Desceu as escadas.

— Música! — gritou o padre do altar.

Mas ele estava já liberto da voz imperiosa do sacerdote.

Olhou novamente o caudal humano. Foi um pesadelo baço que viu.

Rua

    Saiu da igreja e seguiu sem destino pela rua fora. Ia como um sonâmbulo, insensível a tudo. Ao cabo da última rua, começavam os campos do arrabalde. Entrou neles, e em breve se encontrou a caminhar sobre as travessas da via férrea.
    Um som agudo, que não era do órgão, avisou de longe os montes adormecidos.
    Continuou a andar.
    O apito entrou-lhe de novo, frio e cortante, nos ouvidos. Ergueu a fronte e caminhou sempre.
E quando, ao sair duma curva, o comboio surgiu sôfrego e destruidor, abriu-lhe ternamente os braços e desfez-se nele.

A reforma

Aquilo já não era ser o Joaquim Pinto da Conceição, de Cantanhede, donde viera há cinquenta e seis anos: era ser a própria ordem da cidade, os carros pela mão, os peões a atravessar na passadeira, os garotos às de Vila-Diogo se fazia um gesto, e toda a gente a ouvir-lhe respeitosamente a palavra grossa e solene. Aquilo era ser a alma da própria rua. A rua deserta de manhã, varrida e limpa, à espera da multidão, e ele sòzinho a passear por ela adiante; a rua pejada de gente, ao meio-dia, com eléctricos, carroças, automóveis, e ele no meio a dar destino a tudo; a rua rarefeita, dúbia, viciosa, à noite, passa esta, passa aquela, e ele de largo, a rondar...
— Faz favor!
Um bilhetinho, e ali não havia que tugir nem mugir.
— São ordens!
E o reclamante não tinha outro remédio senão meter a viola no saco.
— O senhor guarda se quisesse, enfim...
Torcia o bigode a concentrar-se.
— Não devia ser. Mas por esta vez, vá lá!...
É claro que havia dias difíceis e situações desagradáveis. As noites de inverno, por exemplo, quem não sabia que eram

medonhas? Chuva e frio. E um homem a aguentar-se ali a pé firme! Certas horas, realmente, custavam muito. Quando depois dos cinemas o último sobrevivente se esgueirava e a cidade se envolvia inteira numa tristeza de morte, dava vontade nem sei de quê. De molha-tolos ou em bátegas, o aguaceiro sempre a cair; o taró a tolher as pernas; e o mais pintado desanimava dum serviço assim. O que vale é que o corpo lá se resignava. Meia dúzia de passos, o vão duma porta, e o tempo ia-se passando, que remédio! Até que davam as cinco e meia na Sé. Cantava um galo não se sabia onde. Uma luz indecisa começava a desenhar as coisas. O carro do lixo descia aos solavancos o Quebra-Costas. E criava-se outra vez alma nova. Às vezes noitadas dessas davam como resultado uma pneumonia que levava um cristão desta para melhor. Só mesmo um bom arcaboiço... O desgraçado do 19, e mais com aquela peitaça, andou que foi um regalo! Uma pneumoniazinha, que ninguém lhe valeu. Já sem falar de rusgas, onde nunca se sabia de que lado estava a morte. A do dia quinze de Abril, para não ir mais longe. Felizmente que só de tempos a tempos as coisas chegavam a esse ponto. O normal era o ramerrão quotidiano, que acabava por apagar no génio o arreganho assomadiço dos primeiros tempos. Criava-se calo e paciência.

Trinta anos de serviço! — E o 110 sentia-se perfeito e imenso como a Avenida Trinta e Um de Janeiro.

— Dá licença?

— Entre!

Perfilou-se. Mas quando viu diante dos olhos o despacho da aposentação, cuidou que caía. Passou-lhe não sei quê pela

vista, as coisas começavam a andar à roda, e teve de se encostar à parede...
— Que é isso?
— Nada, meu comandante. Já estou bom.

Olhou à sua volta, inseguro. A autoridade do chefe, a austeridade da secretária, a inviolabilidade dos armários, e tudo o mais que fazia aquele gabinete sagrado a seus olhos, mudara de sinal. Nada mais tinha severidade e grandeza. Ora as suas pernas só se sentiam firmes no chão apoiadas na certeza de que havia no mundo um reposteiro e, por detrás dele, imponente, sério, inflexível, o Capitão Gaudêncio, com o busto da República entronizado por cima da cabeça grisalha.

— Pronto, aqui tem!
— Mas...
— Está tudo em ordem. De hoje em diante coma-lhe e beba-lhe!
— Mas...
— Homem, já lhe disse! Você parece que não acredita?!

Nada mais daquelas ordens secas, cortantes, que o faziam contrair-se inteiro. "Você parece que não acredita..."

— Então, posso...
— Sim, pode ir tratar da sua vida. A partir deste momento, considere-se livre e alodial.
— Muito obrigado... — lá conseguiu articular.
— De nada! Adeus, e felicidades.

Parecia mentira! O comandante a desejar-lhe felicidades! Fez a continência e saiu.

— Alguma novidade, ó 110? — perguntou o 9 no corredor.

— Não. Chegou o despacho.
— Que despacho?
— O meu...
— O quê? Já?
— É verdade.

Tinha os olhos fitos na cara do camarada. E reparou com mágoa que, apenas reforçou a afirmação, qualquer coisa no rosto encardido do outro perdera o desenho habitual.

— Então, para a engorda?

Abespinhou-se.

— Vê lá como falas!

Mas o 9 teve um sorriso de quem não levava a sério a conversa.

— Mau! Quando digo engorda, quero dizer sossego, boa vida...
— Se calhar não tenho direito a descansar?!
— E quem diz o contrário?... Caramba, que já não te entendo!

O 110 sentiu que estava a exagerar; mas não conseguia reagir doutra maneira.

— Não, é que um homem trabalha a vida inteira e, ao fim, o pago é este!...
— Que pago? — perguntou o antigo companheiro, sem perceber.
— Isto... — e o 110 fez com os braços um gesto de desânimo que o cobria de desilusão e tristeza.
— Tu não estás a falar a sério! Ficas com o ordenado por inteiro, de mais a mais!

— E o resto? O resto?

Nem ele compreendia ao certo o alcance da lamentação. Quase tão admirado do que dizia como o colega que o escutava, atravessou a porta e começou a caminhar pela rua fora.

Morava na Travessa dos Lóios, longe da esquadra, que ficava no centro da cidade, ao lado da Câmara. Um quilómetro, mais ou menos, que costumava percorrer com o seu passo leve, discreto, de homem que na própria sola dos sapatos trazia a lei. Levava ainda por fora, intacta, a autoridade com que durante uma vida inteira pisara aquelas pedras; mas, por dentro, sentia-se vazio como um poço sem água.

— Trinta anos! — desabafou, sem querer, a certa altura. E uma mulherzinha que ia a passar, picada pelo ferrão da voz fardada, defendeu-se:

— Quê?!

— Siga o seu caminho, que ninguém lhe pede contas!

— Estava a ver...

Era verão, e suava em bica. Mas faltava pouco para chegar a casa. E, a limpar as bagadas que lhe escorriam pelo pescoço apertado na gola, vislumbrou o alívio próximo de ficar à vontade, dentro dum colarinho largo e fresco. Uma idéia agradável, se não fosse o reverso trágico da medalha: a impossibilidade de a sua voz, fora daquela cercadura apertada e numerada, ter a força de voltar alguém no meio da rua, como acontecera há momentos.

Atravessara agora a Praça Nova. Lá estava o 63 a fazer o quarto. Esquina do Mendes, Arcada, Caixa Geral, que nem uma ponta de sol lhe dava! E, no íntimo, não pôde deixar de saudar o instinto, que lhe era tão familiar, com que um polícia é capaz de encontrar, na pior chuva ou na pior torreira, o melhor abrigo.

Aproximou-se.

— Boa tarde... — saudou, quase a medo.

— Boa tarde — respondeu, naturalmente, o 63. E acrescentou:

— Você que tem? Traz má cara!...

— Não é nada... — e seguiu.

Um raio o partisse, se não lhe apetecia pegar fogo a tudo! Você que tem?! Que havia de ter?! Ora o parvo!

Acalmou-se:

— Bem, o melhor é a gente não se incomodar!

Chegara à porta de casa. Abriu e entrou.

— Como tu vens, homem de Deus! Tira-me já essa roupa...

— Que remédio eu tenho...

— Não trazes um fio enxuto! O calor é de morrer... Tira, tira isso!

Desapertou o cinto e começou a desabotoar o dólman. Seis botões, fora os colchetes.

— Um, dois, três — ia contando mentalmente.

A Carminda, impaciente, com a toalha na mão, esperava.

— Depressa, que estás a arrefecer...

— Quatro, cinco — continuava ele.

Quando acabou, sentiu-se violentamente puxado pelas duas mangas.

— Pode-se espremer!

Não respondeu. Pôs-se a arrancar a camisa, colada à pele, enquanto a mulher limpava a parte do corpo que ia ficando despida.

— Que é que aconteceu para vires tão cedo?
— Esfrega mais.
— Só contava contigo à hora do jantar. O Zeferino até me perguntou por ti a bocado, e eu disse-lhe que voltasse por volta das sete.
— E que quer o Zeferino? Tenho mais que fazer do que aturá-lo!...
— Então, não combinaste ir a Ceira com ele, no Domingo?
— Eu disse que se calhasse... Bem, mas lá por isso, vou.
— Vestes a outra farda?
— Não.
— Já não tens hoje mais serviço?!
— Não.

Estava agora nu, sentado na cama, e via-se inteiro no espelho do guarda-vestidos.

Bateram, e a mulher foi atender.

— O compadre a que horas virá, comadre?
— Por acaso, chegou mesmo agora!
— Queria-lhe uma palavra, por causa da pouca vergonha que vai em frente de minha casa. Uma imoralidade de vizinhança, que só visto. Hoje, vou a abrir a janela, e o filho mais velho do tanoeiro, um matulão, em cima da cama como a mãe o deitou ao mundo!
— Não me diga, comadre!

— Eu até recuei para dentro, passada. Ora isto não pode continuar... Se fôssemos só os dois, estamos como diz o outro; assim, com a pequena, tenho de me mexer...

Do quarto, o 110 ouvia tudo. E mal a voz chegou à imoralidade da nudez, instintivamente vestiu as ceroulas.

— Acho que faz muito bem, comadre. Isso só de garotos!

— De maneira que lembrei-me do compadre. Como autoridade, talvez pudesse... Era um grande favor...

— Não é favor nenhum, comadre! Ele está a acabar de se mudar, que vinha numa sopa, e fala-lhe já. Com licença.

O 110 continuava ainda em ceroulas, descalço, ao léu da cinta para cima, a olhar-se no espelho.

— Anda lá, homem!

— Hã?

— Mas tu que tens, afinal?

— Nada! Que hei-de ter?

— A comadre quer falar contigo por causa daqueles malditos vizinhos...

— Eu ouvi...

— Ah, ouviu, compadre? — perguntou alto, da sala, a D. Dulce.

— Ouvi, comadre...

— É que são do piorio! Passa as marcas! — insistiu a outra.

— Mas eu não lhe posso fazer nada, infelizmente...

— Não podes?! — interveio a mulher, espantada.

— Não — volveu-lhe ele, cabisbaixo.

— Bem sei que é uma maçada que lhe venho dar... — retorquiu a interessada, com a voz já ressentida.

— Não é isso... Não é maçada nenhuma... A comadre bem sabe... É que... Dá-me as calças...

— Eu era para não pedir ao senhor chefe Guedes... Ainda ontem me disse que o que estivesse nas mãos dele... Tenho andado a fugir de o incomodar... Mas já que o compadre não pode... — atirou, num desafio, a de fora.

— O cinto.

— Qual?

— Então qual há-de ser? O cinto de apertar as calças!

— Pois é, comadre, — começou o 110 ao entrar na sala. — Deus a salve! Até me esquecia.

— Deus o salve, compadre.

— Realmente, o chefe Guedes resolve-lhe o problema. Basta ele querer. É que logo por azar... E eu gostava. Confesso que gostava de dizer duas coisas àquele bigorrilhas... Mas com tanta infelicidade, hoje, quando cheguei da primeira ronda...

Estava ainda vestido à paisana e tremia-lhe a voz.

— ...fui chamado ao comando...

Parou para tomar ar fundo. E a mulher aproveitou a aberta para desabafar:

— Eu logo vi que tinha havido coisa! Com arcas encoiradas, e afinal... Tu a mim não me enganas!

— Algum colega... — lançou na fogueira a D. Dulce, esquecida do que a trouxera.

— Deixe-a falar. É parva! E quanto aos colegas, por acaso, são até bons rapazes... Não... O que acontece é que...

Agarrava-se ao fim da sua história como um náufrago a uma tábua. O comandante já o destituíra, já lhe desejara felicidades, ele próprio dera a notícia da aposentação ao número 9, mas mesmo assim a dor de dizer aquilo tinha a mesma intensidade.

As duas mulheres estavam suspensas da boca dele.

— Não é que eu me sinta velho... Há outros que podem menos... Em todo o caso os anos estão sobre o lombo, e já cá tenho...

Espraiava-se a fugir ao essencial, roído dum desespero fundo, impotente, que lhe congestionava os olhos.

— Mas afinal que foi que aconteceu? — perguntou a mulher, a concretizar.

Então, como um criminoso chegado ao fim da defesa, voltou-se, puxou uma cadeira e, enquanto se sentava pesadamente, confessou tudo:

— Fui reformado...

— E o compadre parece que diz isso com pena! — gracejou a D. Dulce, realmente satisfeita com a notícia.

— Bem, compreende, comadre... A gente habitua-se... Ganha amor ao serviço... à profissão...

— Evidentemente. Mas as coisas têm limites! Então queria ficar toda a vida a fazer rondas?! Ora valha-o Deus! Goze. Goze, que já trabalhou muito.

— E nem hoje voltas? — perguntou a mulher, a sentir-se em falso na vida.

— Não... — respondeu, como que envergonhado.

Calaram-se. E naquele silêncio sentiam os três que esvaía o resto da importância do 110.

— Pois compadre, parabéns, e vou então falar com o senhor chefe Guedes. Ele tem-se oferecido sempre, coitado... Lá isso, honra lhe seja feita...

— Vá, comadre, vá...

A D. Dulce saiu, e os dois ficaram no mesmo sítio, mudos de melancolia.

A Leonor Viajada

De tempos a tempos a rua de S. João parecia lavrada por um incêndio.
— Então que me dizes da escandaleira?
— Que escandaleira?
— A Idalina! Foi ontem. A mãe a cuidar que era doença, obriga-a a ir ao médico...
— Palavra?
— É o que te digo! Mas bem feito, que é para aquela sendeira não ser asna. A sua Idalina? Credo! Não lhe toques, Madalena. Ora aí tem!
— Só à porta da Leonor Viajada é que o fogo se apagava.
— A senhora Leonor já sabe da grande novidade?
— A Idalina? Se olhasses para a tua vida! Se tratasses de dar criação aos filhos! Nem os ciganos!... Só tens língua!
— Olhe lá não a coma! Sempre a gente vê cada uma! A como são as nêsperas?
— A seis.
— Tenha juízo! Pensa que o vou roubar?
— Pega ou larga. Quem te obriga?
A freguesa, a espumar que nem uma bicha, acabava por comprar, que remédio. E a Leonor enxotava calmamente as moscas, sentava-se no seu banco, e continuava a fazer meia.

Nem o coração nem a loja da fruta lhe consentiam mais de dez passos duma arrancada. Por isso passava meses a fio a ouvir de quem vinha as novidades do bairro. Era porém como um túmulo onde tudo ia morrer. E se em certas horas aquele perdão com que recebia as notícias que lhe diziam irritava o alvissareiro, quase sempre essa reacção correspondia ao íntimo desejo de cada um. Afinal, levantada e corrida a lebre, era preciso dar-lhe um destino. E não havia poço onde as coisas caíssem com menos ruído do que nos ouvidos da Leonor. Velha, mas duma velhice conciliante, um dia, sem se saber donde nem como, apareceu ali, pachorrenta, a empilhar maçãs nos tabuleiros.

— Quem é? — perguntavam todos.
— Não sei.

E acabou por entrar sem credenciais no quotidiano da rua.

Mas em certa ocasião o propagandista duma casa de Lisboa, ao passar, viu-a e cumprimentou-a alvoroçado.

— Viva! Viva! Felizes olhos!

Conversaram, depois. E à hora do almoço, o Pinto da Pensão Central, que os observara de longe, meteu conversa:

— Conhece a velhota da fruta com quem falava há bocadinho?
— Muito bem. Quem é que não conhece a Leonor Viajada?
— Leonor Viajada?!
— Sim. Então como é que ela se chama aqui?
— Leonor, só.
— Ah...

E não deu mais explicações. O leva-e-traz do Pinto é que se não calou. E já ninguém tirou da pele da Leonor o sobrenome.

— Onde vais?
— Vou à Leonor Viajada.

O rabo-leva viera preencher um vazio que o tempo não conseguira atulhar. Aquele *Viajada*, se não dava uma explicação do que as imaginações suspeitavam, povoava até certo ponto o mistério. Sugeria uma vida aventurosa, onde entravam navios, comboios, terras distantes, e Deus sabe o que mais...

— É vossemecê a senhora Leonor Viajada? — perguntavam os fornecedores do campo, quando, por inculcas, vinham vender-lhe os mimos do cedo.

— Sou.

E nada traía no rosto da velha o que o apelido queria dizer. Contava as pêras ou os abrunhos, pagava, e continuava a fazer meia. Sòzinha sempre.

— Então mas não tem ninguém, ninguém de seu?! — não se conteve, um dia, pasmada de tanta solidão, a Júlia.

— Ninguém.

— E quem é que lhe vai herdar a fortuna? — insinuou maliciosamente a outra, que era atrevida.

— O primeiro garoto que aqui passar. Come estes pêssegos num abrir e fechar de olhos.

Mas vossemecê há-de ter o seu vintém!...

Tenho. E não é só um, são dois... — e a Leonor riu-se com a grande boca desdentada.

Há muito que a vendedeira sentia que o segredo da sua vida era o grande enigma da rapariga. À mais pequena brecha, a Júlia tentava meter os olhos, a ver se via qualquer coisa lá para dentro. E como gostava dela a valer, doía-lhe aquela curiosidade, que, por ser uma espécie de luta do gato e do rato, afinal, as separava. Era uma corada mocetona, a Júlia, um pouquinho desabrida, mas com o coração no lugar. Trabalhava na padaria Irmãos Felizes, e só aos domingos é que repartia a saúde e a alegria pelos amigos. À Leonor tocava um dos maiores quinhões, porque, na verdade, a cachopa gostava dela, embora a bruma que lhe rodeava o passado desse uma ponta de prevenção às conversas que tinham. E a vendedeira sentia pena.

— E porque é que lhe chamam Viajada? — arriscou a rapariga.

O rosto da velha cobriu-se dum pano triste. Os olhos marejaram-se-lhe de água, e os lábios, ainda há pouco cheios de doçura, contraíram-se de desespero.

— Tu não sabes? — perguntou com voz culpada.

— Não — respondeu, cheia de curiosidade, a outra.

A Leonor, então, parou um momento os dedos entretidos na meia, contemplou durante algum tempo a rua deserta, fitou a seguir demoradamente o rosto são e leal da rapariga, e, por fim, interrogou-a:

— Quantos anos tens?

— Dezanove.

— Ainda namoras aquele baixito de óculos?

— Casamos para o mês que vem.

— Palavra?

— A sério!...

— Que faz ele?

— É tipógrafo.

— O meu era sapateiro. Vinha-me esperar à saída da fábrica: — "Muito boa tarde"! — e eu até estremecia. — "Boa tarde"!

Lá arranjava, que estava sempre à saída. A primeira vez nenhuma das companheiras reparou. Só no segundo dia é que a Lúcia, uma amiga minha, me disse, mal o viu à porta: — Aquele santinho quer-te alguma coisa? Não tira os olhos de ti!... — Sei lá! E à fé do coração que não sabia. Tinha apenas dançado comigo num baile da Associação, e tudo quanto me disse entrou-me por um ouvido e saiu-me pelo outro. Era uma história complicada, com amor, paixão, felicidade, e mais coisas que nem ouvia. Como havia eu de ouvir e de entender nada, se andava fora de mim, longe do mundo, tonta das valsas e da alegria? Depois da resposta que dei à Lúcia, e de ele me azoeirar três meses a fio, é que entendi ao certo a conversa. Estava apaixonado e pretendia casar comigo. E eu então disse-lhe que também gostava dele, e que se andava com boas intenções...

— Quantos anos tinha a senhora Leonor? — perguntou, interessada, a Júlia.

— Dezoito. Mas era uma rapariga! Agora já se não vê... A velhice leva tudo. Bonita, mas bonita! Demais, até...

— Demais?!

— Sim. Por ser bonita demais é que me perdi. Fiei-me nos encantos... Iludi-me... Se eu fosse feia ou igual às outras, podia ter o que elas tiveram: casa, filhos, e o resto... Assim...

— Então mas não se casaram?

— Casámos... mas enganei-o logo a seguir... Éramos pobres. Para não deixar a fábrica e tratar dele, precisava de trabalhar dia e noite. Não sei por quê, tinha imaginado uma vida diferente, sem capataz, sem panelas, sem remendos... Comecei a desanimar, a desanimar...

— Não gostava dele?
— Gostava... As mulheres ninguém as entende! Sonhara mundos e fundos, e afinal morava numa casa da Baixa, húmida, acanhada, velha... A mãe dele entrevada... Um fornecedor recusou-se a fiar mais... Tanta miséria, que quando o outro me veio com promessas doiradas, não resisti...
— Era rico?
— Muito. E realmente poucas nas minhas condições teriam coragem de fugir à tentação... Só isto: Lisboa, um andar na Avenida, criadas, teatros... Que a prometer ninguém é gago, minha filha... E então uns modos, umas delicadezas...

Parou. Ainda ao cabo de tantos anos a lembrança da sedução a perturbava.

— Não se pode calcular... Parecia o diabo a tentar-me... É por isso que às vezes a gente faz mal em censurar cabeçadas assim... Não se resiste.

Havia naquele "não se resiste" qualquer coisa de irremediável, de submisso, de invencível condenação feminina, que a Júlia só entendeu confusamente. Numa solidariedade instintiva, aliou-se à outra.

— Fugiu?
— Fugi. Lembro-me como se fosse hoje. O desgraçado a bater sola em baixo, e eu a arranjar as minhas coisas em cima. Jantámos como das outras vezes, ele foi dar uma volta, e, quando chegou, estava sem mulher!... E era bom rapaz... À consciência que não merecia aquilo! Mas o diabo da mocidade e da ilusão...

Interrompeu-se para limpar duas lágrimas de saudade e de remorso. A Júlia, arrastada pela aventura, é que a não deixou demorar-se:
— E ele? Deu-lhe realmente tudo o que lhe prometeu?
— Agora! — respondeu com um sorriso amargo a Leonor. — Um mês depois punha-me no olho da rua, como uma cadela.
— Deixou-a?! — gritou o coração indignado da rapariga.
— Tive eu de abalar. De contrário, dava cabo de mim...
— Batia-lhe? — gemeu a moça.
— Tu espantas-te?! Bem se vê que não conheces o mundo. Se as coisas fossem como a gente as imagina, é que era para admirar. Servi-lhe enquanto lhe servi. Depois... deu-me um pontapé. Nem quero que me lembre o que passei nesses meses em Lisboa! Desde fome a prisão... A vida é muito reles, muito dura! Ninguém faz ideia do que é uma pessoa encontrar-se no meio de uma grande cidade, sòzinha, de mãos a abanar, sem saber como há-de arranjar uma côdea de pão! Só quem estiver muito apegado à vida é que não mete a cabeça debaixo dum carro eléctrico, e acaba ali com tudo duma vez.
— E não tinha nada, nada? — e no rosto da Júlia havia ao mesmo tempo dúvida, espanto e desespero.
— A roupa que trazia vestida... e o corpo, claro...
Desta vez foi a rapariga que chorou.
— Não chores, mulher! Não chores, que não vale a pena. Conto-te isto tudo cá por coisas, e para que tu saibas o que este mundo é.
— E não conhecia ninguém a quem se dirigisse? — tentou a Júlia, na esperança de lançar àquele naufrágio uma tábua de salvação.

— Só os amigos dele, que eram da mesma laia. De maneira que quando chegou a noite entreguei-me ao primeiro que me apareceu... Como a gente não morre de vergonha, é que me admira! Mas não. Fui com esse e com todos quantos depois quiseram. A necessidade obriga-nos a tudo. Ao que uma pessoa é capaz de descer! O último foi um escultor. E bom sujeito, afinal. Vendeu-me, a bem dizer, quando se fartou e já lhe não servia para modelo, mas ainda foi do melhor que encontrei. Ao menos em certas horas, quando trabalhava, havia nele qualquer coisa que o distinguia dos mais... Nem parecia o mesmo. Até me esquecia que estava nua à sua frente, de tal maneira o via transfigurado! E de valor!... Diziam, que eu não sei. Artista... Ora isto de artistas, fora lá das cousas do ofício, é uma gente que tanto se lhe dá como se lhe deu. Era meu amigo, gostava de mim, mas precisou de dinheiro, pronto...

— Vendeu-a?! — e a Júlia enterrava as unhas crispadas na cal da parede.

— Ou deu-lhe as mesmas voltas. Sabia que um sujeito que fornecia uma casa do Rio de Janeiro estava em Lisboa... Enfim, vim mais tarde a saber que recebeu um conto e quinhentos...

— E vossemecê?

— Eu deixei correr. Que me importava a mim ter aquela vida em Lisboa, ou noutra terra qualquer? Desde que não fosse na minha...

— Tinha lá mãe?

— Pai e mãe. Filha única.

A vendedeira, de olhos baços e parados na quietude da rua, calou-se. E a Júlia acompanhou em respeito aquele silêncio. Mas ao fim de algum tempo viram ambas que era impossível permanecerem assim em semelhante encruzilhada.

— O Rio dizem que é bonito... — recomeçou a mais animosa.

— Muito. Mas não há-de ser visto como eu o via então. Agora, daqui, é que verdadeiramente dou conta da altura do Corcovado e da grandeza de Copacabana. Com os olhos de hoje, mesmo cansados, é que eu gostava de admirar a baía de Guanabara e passear na Tijuca. As coisas, por mais estranho que pareça, se a gente não tem cá dentro alegria para as sentir, desmerecem muito. Mas que é bonito, é! E foi lá, afinal, que ainda tive o único bocadinho de felicidade que a vida me deu...

A Júlia abriu o rosto àquele levantar da cerração.

— Foi — continuou a Leonor. — Um filho...

— Não me diga! — exclamou, alvoroçada, a rapariga.

— Um homenzarrão! Mulatinho... O pai era um negro de S. Paulo. Tão rico, que não sabia o que tinha de seu! Quando viu o filho, cuidei que ficava doido. Se me não morre, talvez eu não estivesse hoje aqui. Por azar, teve o garrotilho, e o médico não lhe deu a injecção a tempo... O que eu sofri! Nem me quero lembrar... Em todo o caso foram dois anos bonitos! Era daquela cor, sempre tinha pena, mas depois esquecia-me e queria-lhe como se tivesse nos braços o menino Jesus. Lá ficou...

— E o preto? — perguntou, curiosa e relutante, a Júlia. — Viviam juntos?

— Olha juntos! Não. O filho nasceu porque tinha de nascer; e o pai veio vê-lo porque lhe escrevi...

— Continuou ao menos a fazer-lhe bem, depois disso?

— Desde que o pequeno morreu nunca mais o vi. Os homens são iguais em toda a parte. Tanto faz serem brancos, como amarelos. Com tanto dinheiro, era só meter a mão ao bolso. E tanta vontade tive, quando perdi a criança, de voltar a Portugal! Mas quê?! Aguentar e cara alegre! Deixei, deixei, dois anos depois, aquela maldita casa, mas foi para ir armar a tenda no interior... Em Minas.

— Saíu do Rio?!

— Pois saí — respondeu, resignada, a Leonor. — Ao fim duns anos sai-se sempre. Começa a via-sacra pelas cidades da província. Belo Horizonte, Ribeirão Preto, Cataguazes, Leopoldina, Juiz de Fora... Então porque é que eu sou a Leonor Viajada?

Havia no rosto da velha uma amargura tão funda, tão pungente, que a Júlia não conteve estas palavras que lhe saíram do coração:

— Ó senhora Leonor, não conte, não conte mais!...

— Conto. Já agora ficas a saber o resto. Encarreiradas, como hoje, nunca confessei estas coisas a ninguém. Mas a ti, mais dia, menos dia, tinha de ser... Ouve, que já falta pouco.

Sentiam ambas necessidade de se libertarem do pesadelo. E a melhor maneira de o conseguir era realmente chegar ao fim. Ajudaram-se, por isso, mùtuamente.

— De Cisneiros já não podia descer mais — recomeçou a Leonor. — Ia em quarenta anos; e com quarenta anos... Trabalhar? Confesso que nunca fui muito amiga de trabalhar. Feitios... Louvado seja Deus que lá encontrei, por fim, uma alma caridosa que me valeu. Um bêbado! Entrou na sala a cair, viu-me a ouvir dum soldado coisas que nem se podem dizer, chamou-me de parte, e aconselhou-me:

— Vá-se embora! Volte para a sua terra. Não esteja aqui!

Saltaram-me as lágrimas dos olhos.

— Com quê? — respondi-lhe, a soluçar.

— Tome lá!

Cinco contos de réis! Vim a saber no dia seguinte que era um homem sem posses, que vendera um sítio para pagar as dívidas, e que só lhe restava aquele dinheiro. Carregou-lhe o vinho no coração, e foi quanto tinha no bolso! Ainda o procurei para lhe dizer que não queria, mas depois de falar comigo desapareceu. Nem o nome lhe sei!

— E veio? — perguntou a Júlia, com sofreguidão.

— Se vim! Era a minha paixão. Voltar, e passar o resto da vida sossegada no meu canto, onde ninguém me conhecesse. Um mês depois, estava na terra.

— E o seu homem ainda era vivo?

A Leonor teve um sorriso de tristeza.

— Ainda. Mas eu, quando dizia terra, queria dizer Portugal. À outra nunca mais lá fui, nem vou. Só se for depois de morta.

— E então como soube que ele ainda vivia?

— Por uma desgraçada igual a mim. Mais nova, já se vê... Ao chegar a Lisboa, a primeira pessoa que encontrei foi a pobre Virgínia. Era garota quando eu era rapariga... Ainda a estou a ver a roubar castanhas a uma mulher que as vendia à porta do Roxo. Fina como um coral! — Ó cachopa, tu que levas aí? — Línguas de perguntador! A mãe, coitada, não via mais ninguém no mundo. Afinal, cresce, e vou encontrá-la em Lisboa a morrer de doença e de miséria!

A Júlia começou de novo a chorar. E a Leonor rematou dum fôlego e numa voz calma e doce o resto da sua história.

— Tive de lhe valer. Reparti com ela o que me sobrou da viagem, e vivemos algum tempo desse pouco, à espera doutro milagre. Mas o destino, às vezes, enfernisa-se contra a gente. E ao cabo de uns meses tivemos ambas de voltar à má vida. A mim já ninguém me queria. Só mesmo por desfastio. A ela, sim, todos a procuravam. Nova, jeitosa... Quando a freguesia aumentou, algumas outras infelizes juntaram-se a nós... O costume.

A Júlia continuava a chorar.

— Como era eu quem dirigia, ficou a Casa da Leonor Viajada. O tratante que me seduziu é que foi o autor da pulhice do nome. Pôs-mo apenas soube que vim. Pegou logo! Para o escárnio e para a maldade, nunca faltam ouvidos. Não havia cão nem gato que não me conhecesse e não conhecesse o número da porta. Sete anos que ainda lá estive... Até que a Virgínia envelheceu também. Chegara a vez dela... Recebi três contos de réis, meti-me no comboio e vim abrir esta lojinha aqui.

Tinham ambas atingido o fim do íngreme caminho. E como no rosto da Júlia houvesse uma nuvem indecisa, de repulsa e aceitação, a Leonor absolveu-se desta maneira:

— Não esperavas por isto?! Não calculavas que pudesse haver tanta desgraça na vida duma pessoa?! Pois aqui tens... E de ser do jeito que foi, não te aflijas. A gente lava-se de tudo. É só chorar o que eu chorei...

O senhor Cosme

Era um sujeito meão, moreno, com grandes orelhas e olhos negros encovados. Nos bons tempos em que a cidade não passava da rua Larga, do Loreto, de Santa Clara, e pouco mais, chegou ele, rapazinho, do Baião. Foi um homem de lá, negociante, que lhe deu uma carta de recomendação para um tal Almeida das Ameias, que negociava em sola. E como na casa do Almeida, nessa altura, não havia vaga, empregou-se no Romariz, à Lapa. Pancada, a loja varrida depois de fechar, o trabalho pela comida, e viva o velho! Mas tinha realmente jeito para o balcão. Passado um ano, não havia preço de bugiganga que não soubesse, nem freguês capaz de lhe fazer o ninho atrás da orelha. O patrão quis então estabelecer-lhe um pequeno salário. Vinha tarde. Recebera já oferta melhor do Antoninho dos Grilos. Mudou-se. E começou verdadeiramente aí a sua vida.

    Muito metro de riscado medido, muitas horas de serão, muitas descomposturas engolidas em seco, e às duas por três estava homem feito. Nem ele sabia como o tempo passara e lhe nascera na cara imberbe e cheia de espinhas uma barba cerrada e negra que metia medo.

    — Aqui tem uma navalha para cortar isso — disse-lhe um dia o patrão. — Amanhã veja se aparece mais decente.

No dia seguinte ergueu-se cedo e lançou mãos à obra.
— Sabão e assentador... — ensinara-lhe um colega.

A fórmula era realmente simples, e nada se lhe afigurara tão fácil neste mundo. As coisas é que nem sempre correm da melhor maneira. Apareceu na loja como um Santo Sudário.

— Na próxima já se não corta tanto! — comentou, com a secura habitual, o senhor Antoninho.

E, de facto, assim foi. Com jeito e afiador, a repetir a façanha já nem parecia o principiante de ontem, atabalhoado e besuntado de sangue. Quando entrou, todos gabaram a obra, a começar pelo dono da casa.

— Hoje, sim!

Embora de poucas falas e ríspido de maneiras, o senhor Antoninho tinha os seus imprevistos. Tempos depois, correspondeu à maioridade do caixeiro com nova gentileza inesperada: sentou-o à sua mesa.

Até ali as refeições eram no armazém, trazidas pela Joaquina. Nesse dia, porém, quando as doze bateram e ele se preparava para seguir os outros, o patrão chamou-o de parte e disse:

— De hoje em diante come comigo, senhor Cosme.

Sentiu uma onda de emoção subir-lhe à cara. Mas acabou por serenar e aceitar com compreensão a altura do degrau que subia.

A sala de jantar ficava no segundo andar, tinha uma grande Ceia de Cristo na parede e era atapetada. Primeiro chegou a D. Isabel.

— Como está Vossa Excelência, minha Senhora?

— Bem, muito obrigada.
Estavam nisto, entrou a filha da casa.
Tremeram-lhe as pernas como vergônteas. A menina Luísa... Há quanto tempo sabia ele este nome! Além da lenga-lenga da Joaquina (A menina manda pedir... A menina diz que não gosta... A menina quer mais escuro...), ouvida anos a fio, via-a de vez em quando. Se via!... Usava franja, tinha sardas e era filha do patrão. Por isso, só a olhava de fugida. — Muito verdes, Cosme! Muito verdes!... — rosnara o Almeida, quando uma tarde o surpreendeu a devorá-la da janela do armazém.
Mas agora, depois do aperto de mão e do perfume que o inundou, pôs com mais confiança os olhos nela. Estava sentada mesmo na sua frente, e não comeu a sopa.
— Então nem hoje? — perguntou o pai, da cabeceira da mesa.
— Oh! papá!
— Entisica para aí à tua vontade, quem te pega?!
Foi um começo de tempestade, que amainou logo.
— Bem, não vale a pena estragar o almoço por causa disso!... — acudiu, conciliante, a D. Isabel. — De mais a mais a primeira vez que o senhor Cosme nos faz companhia...
— Oh! minha Senhora!
— As raparigas de agora têm medo de engordar. No meu tempo...
— No seu tempo, era no seu tempo! — retorquiu, desabrida, a filha.
Olhou-a então fixamente. Não se podia dizer que fosse bonita. Tinha o nariz arrebitado e o rosto cheio de sardas. Apesar disso havia nela qualquer coisa que atraía a gente. Lá o quê...

Enquanto comia, tentou descobrir o mistério, sem atinar. E, quando a refeição acabou e se levantaram todos, relanceou-a mais uma vez para ver se com a imagem dela nos olhos decifrava pela tarde fora, na loja, aquele enigma.

O jantar foi mais fácil. O acanhamento do almoço desaparecera, e o tapete já lhe fez menos impressão debaixo dos pés.

— Gosta?

— Muito...

E viu tudo. O encanto estava na boca, no jeito particular dos lábios ao iniciarem um sorriso.

— Acabe lá com as cerimónias!...

— Não é cerimónia, senhor Antoninho, é que não me apetece...

— E salada? — perguntou do lado a D. Isabel.

— Salada, talvez...

— Pois então, ande! Faça de conta que está em sua casa...

Só ao fim de oito dias compreendeu o sentido oculto daquelas palavras.

Foi num domingo, depois do almoço. Ia a sair, quando uma voz afável o chamou e lhe disse:

— Tem que fazer agora?

— Eu não, senhor Antoninho.

— Então vamos dar uma volta juntos.

Saíram, e o patrão encaminhou os passos para o jardim da Estrela. De repente, aproximou-se e pegou-lhe no braço:

— Olhe lá, senhor Cosme, já pensou alguma vez que a gente quando chega a certa idade precisa de se casar?

Parou, atónito, sem perceber. Mas, daí a pouco, não só compreendera tudo, como estava noivo da menina Luísa.

Arrefecia a tarde uma aragem irritante, que de vez em quando perdia a medida e tentava fugir com os chapéus.
— Demónio de vento! — danava-se o comerciante.
E logo, a disciplinar os nervos:
— Que também não deixa de ser agradável...
— Realmente... — murmurava o empregado.
Ia alheio às lufadas irreverentes, à grácil ondulação dos ramos, e sem ouvir verdadeiramente o patrão, a quem respondia automàticamente, com os monossílabos habituais. Ia como rarefeito de passado e de futuro, cheio da imensidão daquela realidade presente e aterradora — a menina Luísa.
— Pois é como digo. Ficam connosco, o senhor passa a interessado da casa...
Era o paraíso que se recriava ali no jardim, com outro Adão e outra Eva, vestidos de pureza e verdura.
— Não têm despesas nenhumas... Comem do que a gente come...
Assim o seu coração sossegasse um pouco e o deixasse entrar na plenitude de tanta felicidade! Mas não. Como um toiro, cego, era cada pancada de encontro ao peito, que foi preciso parar e sentar-se.
O senhor Antoninho, quando o viu amarelo como a cidra e a suar em bica, aterrorizou-se.
— O que é que tem? Ó homem de Deus!
— Não é nada... Faça favor de não se afligir... Isto passa...
Esteve a seguir bastante tempo de olhos imóveis, fitados numa nuvem distante que, engrossando de segundo a segundo, lhe vinha vindo de encontro à razão.

— Que tal? — perguntou o futuro sogro, ao cabo de alguns minutos que lhe pareceram anos.

— Estou melhor...

Acabou por se erguer, e o passeio interrompido foi continuado a passos lentos e pesados. O ventinho irritante amainara já, e o espírito do rapaz alheara-se outra vez de tudo.

Inseguro no silêncio que os envolvia, o senhor Antoninho tentou povoá-lo de qualquer forma.

— Mas sente-se realmente bem?

— Sinto...

Um sorriso benévolo recompensou-lhe a resposta.

Tinham chegado ao portão do parque. Vinha ao longe um carro eléctrico que convinha ao comerciante.

— Vou naquele! — disse. E, a estender a mão ao caixeiro: — O senhor é nervoso, afinal. Olhe que isso é mau! Aprenda a dominar-se, se quer triunfar na vida... É o que lhe digo! Até logo.

O conselho de nada valeu. Ao jantar as pernas tremiam-lhe debaixo da mesa como da primeira vez, e os olhos pesavam-lhe tanto que só a muito custo os levantou do prato quando a D. Isabel falou.

— Já sei da grande notícia! O que precisam agora é marcar o dia do casamento...

Corou como uma criança envergonhada. Mas lá conseguiu articular:

— Bem, eu não sei se a menina Luísa...

— Quanto mais depressa melhor! — atalhou o senhor Antoninho. — E acabou-se isso de menina Luísa... Estão noivos, estão noivos!

Olhou então a futura mulher. Partia o bife distraidamente. Parecia ter mais sardas que de costume, e a boca, sem o jeito do sorriso, era dura.

No fim do jantar a dona da casa prometeu para dali a pouco uma chávena de café, e saiu. O comerciante deu uma desculpa qualquer, e foi-se embora também.

— Então, noivos!?... — e a voz da rapariga estalou como uma bofetada no silêncio carregado.

— Bem, eu... — gaguejou o infeliz.

— Nunca o julguei tão pateta, senhor Cosme!

Uma onda de vergonha estrangulou-lhe a justificação desesperada que tentava arrancar do peito.

— Só da cabeça de meu pai... e da sua!

Felizmente entrou a D. Isabel.

— Então, já combinaram?

— Já. É para a semana dos nove dias! — retorquiu a filha, com um sorriso escarninho.

A senhora deixou cair dos olhos o brilho de felicidade que irradiavam, e estendeu ao desgraçado a chávena a fumegar.

Pegou nela com as mãos a tremer.

— Sente-se mal, senhor Cosme?

— É da emoção!... Deu-me um beijo...

— Tem propósito, mulher! Valha-te Deus!

Estava alagado de suor. Limpou a testa, acabou de beber o café, e lá conseguiu articular:

— Se me dão licença...

— Tão cedo?! — exclamou a menina Luísa.

Mas por quê?! Por que razão ela o cobria assim de desprezo?! Não. Por mais que se esforçasse, não descobria o motivo. E respondeu, resignado:

— Tenho que fazer na loja...

Não pôde dormir em toda a noite com as palavras e os sarcasmos que ouvira a baterem-lhe nos ouvidos.

"Deu-me um beijo..." — e uma onda de calor inundava-lhe o corpo. Procurava arrefecer aquele fogo. "Nunca o julguei tão pateta"! Mas o lume voltava. Imperceptivelmente, começava a crepitar nas lonjuras da infância sepultada naquela casa. "Esta é que é a filha do patrão..." Uma garotinha ainda. Ele também com catorze anos. Depois, à medida que crescia, as suas exigências e os seus caprichos transmitidos pela Joaquina: "A menina manda dizer..." À tardinha via-a passar. Ia jogar ténis para a Boa-Vista. Toda de branco e já mulher feita... Muito verdes, realmente... E tirava dali o pensamento. Um belo dia, porém... "Casam, ficam connosco..." E o incêndio tomava conta dele. "Combinámos. É para a semana dos nove dias..." E a cabeça quase que lhe estoirava.

Quando apareceu na loja, de manhã, parecia um desenterrado.

— Está doente, senhor Cosme? — perguntou a Alice, a caixa, que tinha um fraco por ele.

— Não.

O almoço desse dia foi ainda mais penoso do que o jantar da véspera. Mas em vão tentara fugir-lhe:

— Se o senhor Antoninho me desse licença, hoje comia cá em baixo...

— Deixe-se de pieguices... Olha comer cá em baixo!
E não teve remédio. Subiu.
A língua dela parecia uma lança a espetá-lo. Mas apetitosa, aquela boca! E bonitos, como sempre, os olhos...
— Então, sonhou comigo?
— Ó filha! — acorreu a D. Isabel.
— Não?! Pois eu não fiz outra coisa desde que me deitei até que me ergui. Sonhei que tinha morrido, e que o senhor ia viúvo atrás do meu caixão, a chorar. Um perfeito *Noivado do Sepulcro!*
O pai tossiu. A mãe ofereceu pepino. Ele tentou aparar os golpes desalmados com um sorriso resignado.
— Depois, não sei como foi, olho de dentro da sepultura e vejo pousado num cipreste um grande mocho que tinha exactamente a sua cara...
Era cruel demais. E o senhor Antoninho procurou também ajudá-lo.
— Deixe-a falar, não faça caso. Quer ser engraçada! Que encomenda se há-de fazer ao Pinto e Filhos? É preciso pensar nisso.
— Para já, o meu véu de noiva e um laço branco para si, não se esqueça!
Riram os três com ar amarelo, e a rapariga, a pretexto de que a esperava a modista, a D. Isaura, para provar um vestido, levantou-se e saiu.
— É assim, mas tem bom coração... — começou a mãe.
O pai reforçou com um aceno de cabeça.
— Acredito, senhora D. Isabel...

— Verá... que hão-de ser muito felizes...

Quis falar, mas não pôde. Aquela felicidade prometida depois duma hora tão desesperada, por mais que quisesse, não o consolava. Era como um pó inerte, que lhe caísse nas feridas e as deixasse apenas sem expressão.

Acabado o almoço, voltou à loja a retomar o dia. E foi então que um portador veio dizer que a menina Luísa se suicidara.

O do recado nem tinha tacto nem interesse em minorar a dor de quem o ouvia. Entrou pela porta dentro espavorido, e disse seca e pecamente a verdade:

— Senhor Antoninho: a sua filha matou-se. Atirou-se ao rio.

Ao espanto apalermado de todos, seguiu-se a reflexão de alguns. Eram empregados velhos, que conheciam a casa e os segredos dela. Fora de idade e de situação para entrarem na farsa que se preparava, até ali comentavam os acontecimentos a recato do patrão e do colega. Agora, porém, diante do desfecho inesperado da comédia, davam livre curso ao pensamento.

— Ao menos cortou o mal pela raiz!

Já o senhor Antoninho subira, desvairado, a levar a desgraça à mulher, inteiramente esquecido do empregado que destinara a genro, e que, após a notícia, ficara no mesmo sítio, embrutecido, mudo, como fulminado.

— Eu logo vi que isto acabava mal!...

Falavam sem respeitos humanos por aquele que, baixo como eles, subira a um lugar cimeiro só pelo facto de ter dezanove anos, e caíra finalmente dessa altura postiça. Disseram tudo quanto era preciso para que ficasse bem claro que a rapariga estava grávida dum homem casado, notário, transferido há pouco tempo para uma cidade do norte, e que, perante a intransigência dos pais em aceitarem a situação, e sem poder resignar-se ao destino que lhe preparavam, optara pela única solução decente.

O noivo ouvia, alheado. Diante da verdade nua e crua, qualquer coisa dentro de si, já insegura, estalara, como um vidro que não pudesse tolerar tanta luz. Claramente, antes da tragédia, só via a loja, com preços, hábitos e hierarquias. Para lá do balcão, a realidade tinha sempre um véu. Um manto fino, imperceptível, que o impedia de a tocar. Nunca conseguira objectivar as agruras da infância, as inquietações da juventude, as abdicações da mocidade e, menos ainda, o remoinho dos últimos dias. Fora do serviço, tudo era baço no seu espírito. Embora um pouco alarmado a princípio na alameda do Jardim da Estrela, acabara por aceitar sem compreender a posse do tesouro oferecido, há muito amealhado pelo coração... Compreender, para quê? Preferia receber humilde e pas-sivamente a dádiva das mãos generosas que se lhe estendiam. Seria um bom pai de família, um bom gerente, e, mais tarde, um humano e cumpridor proprietário. Pagaria assim à sorte e ao senhor Antoninho o bafejo e a prova de amizade e de confiança. Mais nada. Na paz dessa conclusão, continuara a ouvir, atenta e agradecidamente, as palavras paternais do comerciante. De repente, o coração pôs-se a bater-lhe aflito dentro do peito. E a menina Luísa? Ela? Ela? Foi nessa altura que as forças o abandonaram. Começou a sentir-se mal, a ver tudo à roda. O chão fugia-lhe debaixo dos pés, e todo ele se esvaía, sem firmeza nos ossos. Teve de se sentar. "Que tal?" – e nunca a voz do seu protector lhe soara tão branda aos ouvidos. "Estou melhor". E, de facto, as coisas tornavam a ter equilíbrio e firmeza. A menina Luísa, afinal, era a própria ternura do patrão. Ao jantar, porém, vieram as primeiras ironias. A seguir, isto: "Nunca o julguei tão pateta, senhor Cosme!" Cuidara de enlouquecer. Contudo, havia por debaixo da coluna alta, onde subira e onde oscilava, a mão firme do dono da casa a protegê-lo. Tivera medo ao almoço do dia seguinte, e logo ele: "Deixe-se de pieguices!..." Sentado à mesa, as palavras da rapariga continuaram a entorpecer-lhe a razão, como bordoadas invisíveis. Felizmente, a fonte da tortura afastara-se, e viera a garantia da D. Isabel – "É assim, mas tem bom coração..." –, seguida do aceno aprovador do marido... Mas não regressara em paz ao serviço. Havia qualquer coisa que faltava resolver. De repente, entra na loja o garoto espavorido e, sem mais aquelas, atira da boca a sentença irremediável: "Senhor Antoninho: a sua filha matou-se. Atirou-se ao rio". Ficou sem fala, paralisado. Os companheiros, então, começaram a explicar as razões do vendaval. E qualquer coisa dentro de si não resistiu mais e quebrou.

— Eu no lugar dela fazia o mesmo — confessou a caixa. — Ao menos...

Foram as últimas palavras que entendeu. Porque a seguir, uma a uma, aquelas vozes cruéis desvaneceram-se-lhe dos ouvidos.

Chegara ordem para fechar. A lavar as mãos, todos punham ainda um comentário sangrento sobre o caso. Mas não compreendia agora o que diziam. Era já dum mundo onde tudo se diluía em sofrimento.

As portas foram correndo lentamente nos gonzos. Uns minutos ainda, e ficou sòzinho no silêncio.

Olhou então absortamente o balcão vazio, as peças de chita coloridas e arrumadas nas prateleiras, e o metro hirto e desempenado a um canto. Duas lágrimas começaram a descer-lhe pelo rosto.

Num vislumbre de consciência, ainda murmurou:
— É triste...

Depois, recaiu no torpor, e quando deixou a loja parecia um sonâmbulo a caminhar.

Sempre alheado, seguiu vagarosamente pela margem do rio. A água corria serenamente, como se não tivesse tragado e não guardasse lá no fundo a vida da menina Luísa. Era a própria imagem da mansidão, clara, descuidada, a murmurar uma música ligeira.

Esfregou os olhos, num medo instintivo de ser enganado. Mas viu que não.

Uma evidência singular começava a iluminar-lhe o entendimento transtornado: o corpo dela, da noiva, em vez de um cadáver invisível, seguro aos limos podres e às areias da torrente, com os olhos bonitos e a boca bem desenhada a dizerem-lhe ironias, transfigurara-se misteriosamente. Diluira-se na frescura e na paz transparente do rio — e era agora só doçura e limpidez a deslizar.

E decidiu acompanhar a visão amada. Às vezes tinha a impressão de que ia depressa demais, e parava, à espera da graça que vinha à flor duma ondulação mais lenta; outras, parecia-lhe que se demorava e perdia segundos essenciais à contemplação inteira da maravilha. E corria.

Andou assim quilómetros e quilómetros, numa entrega perene àquela miragem que só ele via. Até que as pernas, em desacordo com a certeza da alma, o desampararam e o deixaram cair no chão sem sentidos.

Mas na espessura das trevas, onde para sempre ficou mergulhado, o espírito continuou a caminhar. Embora aos tropeções, continuou a percorrer sem desfalecimentos nem dúvidas o mesmo roteiro de esperança.

Uma luta

A rua era larga e comprida, e as tabuletas como as formigas. Mas por fim lá apareceu a procurada:

>Dr. A. Borges
>Doenças da nutrição

O Coronel lera no jornal um agradecimento tão comovido à proficiência daquela sumidade, que, entre mil médicos, não hesitou.

Infelizmente, foi uma desgraça do princípio ao fim. Logo no início da consulta viram ambos que qualquer coisa de irremediável os separava. Nenhum, porém, estava em condições de fugir à fatalidade. Nas urinas do doente havia, realmente, açúcar; e o Dr. Borges não podia dar-se ao luxo de escolher a clientela. Por isso, apesar de o Coronel, à saída, ter berrado aos ouvidos surdos da mulher: — Saberá muito, mas não gosto dele! — e de o médico ter desabafado com a empregada: — Deve ser bom homem, mas vá ser maçador à pata que o lamba! —, quinze dias depois estavam de novo a contas.

— Então como tem passado, sr. Coronel?
— Nem mal, nem bem. Na mesma.

O clínico era um sujeito pequeno, de olhos míopes e grandes óculos, impertigado, com uma voz em falsete que irritava o militar, forte, nutrido, de boas cores e de fala grossa.

— Mas não se sente melhor?!
— Eu... Bem, pior não estou.
— Portanto, sente-se melhor!

Esta conclusão do médico, sem reticências, sem nenhuma reserva no tom, seca, fria, irritou o doente.

— É claro que o cansaço não é tanto... Evidentemente... Mas o sr. Doutor compreende...
— Compreendo o quê, sr. Coronel? Ora vamos lá: responda-me concretamente a isto: Está melhor, ou não está?

Assim apertado, e diante da análise do laboratório aberta e negativa sobre a secretária, o Coronel teve de ceder. Estava melhor.

— Nem podia deixar de ser! Com um resultado destes e com esse aspecto... As coisas são como são, sr. Coronel!

Esta lógica ofendia o tropa em sítios que ele próprio desconhecia.

— Pois sim, sr. Doutor, também não digo menos disso...

Hesitava, peado pela frase sublinhada a vermelho: *Glicose, não acusou*. A parte mais superficial da sua pessoa estava de facto ali para que não houvesse açúcar na urina; mas a outra, a mais profunda, transcendera a pobreza desse motivo, picada pelo tom peremptório do médico. Por espírito de contradição, por rebeldia, por amor próprio ferido, havia células dentro dos seus tecidos que desejavam sincera e ardentemente a doença, a podridão, uma diabetes onde a sabedoria do Dr. Borges não tivesse sentido.

No final da consulta, repetiram-se os desabafos: o Coronel gritou aos ouvidos da mulher que não podia com semelhante indivíduo, e o especialista sentenciou à empregada que doentes daqueles os levasse o diabo...

Vinte dias passados, encontravam-se outra vez em frente um do outro.

— Diga lá, sr. Coronel!...
— Que hei-de eu dizer, sr. Doutor?!
— Como se sente... como tem passado...
— Mal...
— O aspecto é óptimo!...
— Talvez. Mas o aspecto não quer dizer nada. Faça favor de ver...

E o doente pôs diante dos olhos míopes do médico, quase sàdicamente, a eloquência dum vão imenso no sítio das calças onde dantes era barriga.

— Emagreceu realmente um pouco, o que até o devia alegrar... Para que queria o senhor uma barriga assim?

O Dr. Borges falava cheio de sinceridade, convencido da inutilidade e do mal dum abdómen de elefante, sem consentir sequer que o Coronel considerasse o antigo ventre como um dos esteios fundamentais da sua personalidade.

— Para nada, realmente. Em todo o caso... É que me sinto fraco! De dia para dia noto a diferença... Fraco...

— Qual fraco, nem meio fraco! O senhor come exactamente o que come um operário do seu peso! Nem mais, nem menos. Já vê...

— Comerei... Mas creia que me sinto fraco!...

— Pois sinta-se fraco à vontade! Não lhe posso aumentar a ração.

Um mês depois, havia açúcar na urina. E o médico, ofendido na sua infalibilidade, parecia um inquiridor raivoso na cadeira:

— O sr. Coronel prevaricou!

— Oh! sr. Doutor, por quem é!

— Ah! isso é que prevaricou! Saiu do regime que lhe prescrevi. Diga lá o que comeu...

— O habitual...

Nos olhos do Coronel havia uma alegria perversa.

— Já lhe disse, sr. Coronel, que prevaricou!...

Estiveram algum tempo assim, a medir-se como inimigos. Por fim, o doutor triunfou. Sem ouvir mais os protestos do doente, dirigiu-se à mulher, à D. Inês. Muito surda, assistia às consultas sem entender nada daquelas longas disputas. Só no fim é que o especialista lhe falava, aos berros, para indicar a dieta.

— Grelos cozidos, sr.ª D. Inês!

— Quê?

— Grelos cozidos!

— Cozidos?

O doutor Borges não podia mais. A gritaria minava-lhe a solenidade da função.

— Vai aqui tudo escrito! Vai aqui tudo!

Rematava assim a conversa.

Naquele dia, porém, diante do ar escarninho do Coronel, que parecia um aluno a contemplar o mestre caído numa

armadilha, passou por cima da sua relutância e resolveu interrogar a senhora.
— O seu marido piorou.
— Piorou?!
— Sim, piorou. Com certeza saiu da dieta!...
A intervenção da surda transformou sùbitamente o ambiente neutro do consultório. Havia agora na sala um calor de tribunal, com juiz, réu e testemunha.
— Pois é! Fartei-me de dizer que lhe fazia mal... Não quis crer...
Como um polícia que tentasse agarrar a denúncia de um crime, o médico lançou uma acha na fogueira:
— Pão?
— Pior! Muito pior!...
Tinha sido arroz doce o causador de tudo.
— Arroz doce!
O doutor repetia as duas palavras como se nelas estivesse a perdição do mundo.
— Arroz doce! Não lembra ao diabo!
Ao cabo da consulta, o Coronel saiu pela porta fora humilhado. E durante muitos dias não se lhe varreu da lembrança a voz esganiçada do médico a moê-lo:
— Arroz doce, senhor Coronel! É fantástico!
Fora superior às suas forças. Um mês depois, já com as urinas normalizadas, ainda sentia na língua o gosto das colheradas sôfregas e sacrílegas. — Uma delícia! — exclamara então, lembrava-se ainda. Como a mulher não ouvira e lhe respondera com um "Não gostas?", a berrar como de costume, gritara-lhe ele: — Delícia! —, a que ela respondera: — Ah, bem!

O burro do especialista é que não compreendia certas pequenas coisas. Passado ano e meio continuava a falar no arroz doce, a pôr os créditos do Coronel pela rua da amargura. Mal o coitado se lamentava da tristeza da dieta, era logo:
— O que o senhor Coronel quer é comer arroz doce...
— Pelo amor de Deus, sr. Doutor! Eu já me contentava com bem menos...
Era o novo sonho do Coronel.
— Então, diga lá...
— Umas uvinhas...
— O senhor está doido! Uvas! Olha que diabo de lembrança! Uvas! Uma coisa que dá um trabalhão a comer! Tirar a casca, as grainhas...
— Ah! mas é que eu engulia tudo...
Por mais que o médico fizesse — e as aparências não eram a seu favor —, nunca poderia entender a volúpia com que o estômago do Coronel ditou aquela resposta.
— O que o sr. Coronel é, é um glutão!
— Glutão, eu?! Ao que a gente chega! Por desejar umas tristes uvinhas, glutão! Que sou um glutão, Inês! Um glutão!
— Hã?
Mas ninguém respondeu. O médico abismara-se em cálculos sobre a receita, e o Coronel remoía a sua dor.
— Aqui tem, sr. Coronel. Isto, e nem mais uma migalha!
Só decorridos meses o Coronel pôde tentar de novo varrer a sua testada do feio nome de glutão. Ao ser-lhe negada licença para comer melancia, teve este inesperado desabafo:
— Não como, sr. Doutor. Escusa de se zangar. Não como. Agora tenha a certeza de que quando lhe peço estas coisas, ou

faço qualquer tolice como aquela do arroz doce, é mais por uma questão moral do que física.

O Dr. Borges, fora das calorias indispensáveis, era uma parede.

— Moral?!

— Pois é, sr. Doutor. Isto, parecendo que não, desmoraliza... — e o Coronel mostrou-lhe de novo o vazio da barriga das calças.

— E então o sr. Coronel queria encher isso de melancia?!

O Coronel não queria. Resignava-se. Já que o destino o escolhera para levar aquela cruz ao calvário, resignava-se.

Mas o Dr. Borges nem entendia que a vida do Coronel fosse uma cruz, nem o via caminhar para nenhum calvário.

— Um calvário porquê, sr. Coronel?

— Ora pois então não será, sr. Doutor?! Nem um homem ser senhor de comer uma cerejinha!

— Cerejas?! Neste tempo?!

— No tempo delas, sr. Doutor...

— Imaginem! Ainda as cerejas vêm lá nos quintos, daqui a não sei quantos meses, e já este homem se está a lembrar delas! Olhe, sr. Coronel, o que o senhor é, é um glutão. Disse, e repito.

Desta vez o Coronel perdeu a paciência. Toda a sua natureza protestava contra o regresso à ofensa imerecida. Palavra de honra, que era de desesperar!

Atrás dele, com a conversa dos dois fragmentada numas palavras ininteligíveis — cerejas, entre elas —, a mulher lembrava um cão pressuroso mas esquecido do dono.

— Glutão!
— Hã?

A voz dela, sempre à altura dos seus tímpanos perros, tinha uma angústia que o irritara sempre.

Sem lhe responder, continuou a caminhar e a dar largas à indignação.

Ela é que não era pessoa para desistir.
— Tu que dizes?
— Nada!
— Mas estás a falar!
— Pois estou. Coisas cá da minha vida...
— Que vida?
— Olha, não me atanazes ainda mais!

Já dentro de casa e sentado à mesa, juntamente com as couves cozidas, engulia ainda a injustiça do médico. Maldita hora em que se metera nas mãos de tal sujeito. Grosseirão! Mas na primeira altura havia de lhas cantar!

Infelizmente, não teve essa oportunidade. Fez nova tolice, caiu em coma repentinamente, e o clínico, chamado à pressa, chegou apenas a tempo de lhe arrancar dos olhos apagados um lampejo para dizer adeus à família e lhe recriminar a ele a estúpida e velha incompreensão...

— Glutão, eu, Doutor!

O charlatão

— Quando qualquer de V. Ex.ᵃˢ, às quatro horas da manhã, arrancado brutalmente dos braços de Morfeu por uma guinada do dente do siso, se vir desamparado e desgraçado, dirá então com amargura: — Razão tinha o amigo Balsemão ao microfone! Comprasse eu um tubo daqueles famosos comprimidos, e não estaria agora aqui a sofrer como um cão! — Dores reumáticas ou ciáticas, nevralgias, enxaquecas, cólicas e pontadas — tudo este maravilhoso remédio alivia instantâneamente, isto é: num abrir e fechar de olhos.

Falava de cima duma cadeira, em pé, ao lado da mesa onde colocara um grande baú aberto. Passeava-lhe um rato branco pelos ombros, e era impossível fugir à magia da enorme cabeleira que lhe coroava a larga fronte de lutador. Só vinha na feira dos vinte e três. Armava a tenda logo pela manhã, e daí a nada tinha já freguesia a beber-lhe as palavras. Da sua voz sugestiva, grave, difundida pelo ampliador, tirava quantas inflexões eram necessárias para encantar homens de todas as terras e feitios.

— E o mais curioso é que este tubo, que vale doze escudos na farmácia, não custa nem dez, nem oito, nem sete, nem mesmo seis, aqui. Custa apenas cinco! Menos de metade, portanto. Barato, e a última descoberta científica do século! Ácido acetilossalicílico! Façam favor de ver...

E só mesmo um cego é que não via.

— Produtos Balsemão! Ninguém se esqueça: Balsemão! E a propósito: vou contar-lhes uma rica piada.

Os que já faziam parte da roda, arrebitavam a orelha; os que andavam na sua vida, paravam e ficavam maravilhados a ouvir. No fim todos se riam, que a coisa não era para menos.

— No período aflitivo da guerra, quando eu seguia muito sossegado da vida na carripana, aparece-me de repente um polícia da fiscalização. — Que leva o senhor na furgoneta? — perguntou, carrancudo. — Produtos Balsemão — respondi, na minha inocência. — Abra! Abri, e mostrei-lhe os meus quatro filhos, que iam dentro, a dormir...

Os tempos corriam mal. Deus sabe com que vontade quem tinha os precisos para o resto do ano os vinha vender por qualquer preço. Por isso, depois de duas lágrimas dadas ao balido saudoso duma ovelha, à mansidão dum porco criado a caldo, ou à brancura duma peça de linho fiada à luz da candeia em horas roubadas ao sono, era um alívio perder meia hora ali. Iam-se embora as tristezas, as canseiras, os cuidados, e a feira passava a ter o ar de festa que o coração de todos pedia.

E não pensasse lá que acreditavam nas aldrabices que dizia do novo elixir! Quem?! Enfim, como eram só dez tostões... Às vezes, para um remedeio...

— Vou agora mostrar à digna assistência, a título de curiosidade, a autêntica víbora da fortuna! A autêntica, reparem bem. Porque, infelizmente, até nestas coisas sérias e sagradas há contrafacções, vigários, como se costuma dizer. Mas esta, garanto a V. Ex.^{as}...

E ele a dar-lhe com a excelência! Que trampolineiro! Adivinhava a muda censura, e sorria. Quem é que não gosta uma vez na vida de ser tratado por excelência?! E a prova é que um de Almalaguês perdeu a cabeça e comprou por trinta escudos, sem hesitar, aquele "Talismã da Ventura".

— Bem burro! — não se conteve uma criada, cheia de pena de não ter sido ela.

— Era única, menina! Aproveitasse! — dizia, a entregar a cobra enfrascada e a tirar já nova maravilha das profundezas do baú.

— Sarna, pruridos, eczemas, impingens, urticária, lepra, psoríase, furúnculos — tudo quanto uma pele humana possa conceber —, é um ar que lhe dá. Reparem: pega-se na ulceração, um bocadinho de pomada em cima, ao de leve e pouca, que é para poupar, cobre-se com um farrapinho, e não se pensa mais nisso! Cinco tostões apenas! Só a caixa vale quinze!

Até um soldado estendeu o braço à pechincha.

— Tu para que é que queres isso?! — perguntou, espantado, um colega.

— Sei lá!

Não prestava, era a convicção geral. Mas aqueles olhos a fuzilar o mal e a curá-lo, aquele rato branco de quando em quando parado e atento às palavras do dono, aquela mão erguida ao alto como um destino, dobravam a vontade do mais pintado.

Aldrabão!... — gritava o resto do bom senso de cada um. Pois sim! Viessem ouvi-lo. Esperassem um instantinho, e então se veria.

— Eu sei que há muitas pessoas que me chamam charlatão. Coitadas! Onde pode chegar a ignorância humana! Ora vejamos...

E trapaceiros, daí a nada, passavam a ser os honrados indivíduos que todos os da roda consideravam pessoas de bem. Agora ele?! Pelo amor de Deus! Quem é que tinha a coragem de vir assim honestamente explicar os factos, receber sugestões, pôr-se, numa palavra, em contacto directo com a massa dos humildes? Charlatão! Sempre a mesmíssima coisa! Sempre a costumada ingratidão pátria pelos seus valores! Conheciam a anedota, não é verdade? Numa festa do Minho, cheia de animação, um rapazito subia a um mastro ensebado. Por acaso, estavam presentes um francês, um inglês e um português. O francês aplaudia, apenas; o inglês não aplaudia e, disfarçadamente, ajudava o garoto, se o via desanimar; o português, esse, berrava como um danado: — Força, força! Mas quando o cachopo ia agarrar a prenda, puxou-lhe por uma perna! Hã? De topete, o patriciozinho! Ora por essas e por outras é que ele era charlatão. Queriam-lhe puxar também por uma perna. Felizmente que não se deixava vencer às primeiras, e tinha a consciência tranquila. Dava o mundo inteiro por testemunha da sua isenção e da sua honradez...

— Sim, porque eu sou um cavalheiro na verdadeira acepção da palavra! Ou duvidam?

O silêncio de todos bastava-lhe como resposta. Simplesmente, aquele universal acordo quanto à sua dignidade moral e honestidade profissional tocava-lhe as fibras mais sensíveis do coração. Era um sentimental. E a esse respeito, até para amenizar a conversa, ia abrir-se com o seu fiel auditório, com o bom e generoso povo da sua terra. Ia contar o que nunca contara, nem gostava até de recordar. Mas, enfim, já agora... Porque, debaixo daquela aparência de pessoa alegre, bem disposta e saudável, tinha tido também os seus dissabores e as suas aflições... Justamente por ser um emotivo, um banana!

Um de Vila-Meã, presente, ouvira-lhe o mesmo palavreado em Pombal. Apesar disso, ficou. Sempre queria ver se a história a seguir seria a mesma.

— Aqui há vinte anos, acabara de eu chegar de Paris, quando de repente, numa rua de Lisboa... Quê?! O senhor não acredita que eu fui a Paris?! Olha, olha, não acredita! Sou um homem muito viajado, santinho! Está aqui o meu passaporte. Queira examinar... Faça favor.

Tinha de provar tudo. Como um professor atento à disciplina e às dúvidas da turma, mal alguém se mexia impaciente ou mostrava nos olhos uma névoa de incredulidade ou de incompreensão, estendia-lhe o documento elucidativo ou a palavra iluminada, a ajudá-lo! Só quando todo o auditório respirava entendimento e aceitação, sossegava e prosseguia.

— Está convencido? Muito bem. Dizia eu então que ia a passar numa rua de Lisboa, quando de repente vejo à janela dum sexto andar uma linda rapariga. Alto! — gritei, entusiasmado. — Aquela cachopa convém-me! E como sempre fui um rapaz desembaraçado, pelas escadas acima parecia um gamo. Cheguei lá com o coração a sair-me pela boca. Porque, parecendo que não, este meu relógio não é de fiar... Muitas emoções seguidas. Enfim, misérias do corpo humano. Segue-se que bati à porta, vieram abrir, e aqui é que foram elas! — Desejava alguma coisa? Os senhores estão a ver a cena?! Os senhores representam bem na imaginação o meu encravanço?! Há horas na vida!...

Palavra de honra! Bem, mas a gente não deve desistir às primeiras. Enchi-me de coragem e disse cá para comigo: Balsemão, quem não se arriscou, nem perdeu nem ganhou! E zás: — Queria falar com a menina. — Diga-me o nome, faz favor. — Carlos Balsemão Pimentel da Silva, um seu criado. — Tenha a bondade de entrar e de esperar um instantinho. E que é que o respeitável público cuida que aconteceu? Que fui corrido a pontapés? Que fui preso? Nada disso. De alguma coisa me há-de valer a experiência. Um mês depois estava casado com a tal pequena.

Realmente não se podia deixar de aprovar com um sorriso tanta ousadia e desfaçatez.

— Entre os presentes há certamente quem esteja a pensar nos inconvenientes dum casamento assim. E têm toda a razão... Eu que o diga!...

O de Vila-Meã, pela calada, ia-o observando. Até ali a história era exactamente a mesma. Quanto à tristeza que lhe ensombrava o rosto, não podia ser fingida. Certas coisas não se fingem... Não. Aquilo não podia ser tudo mentira...

— Pois é verdade! Casamentinho excomungado! Eu a pensar que ia buscar a felicidade ao tal sexto andar, que tinha tido, ao passar na rua, o palpite da sorte grande, e sai-me um bilhete branco!

O de Vila-Meã sorriu à imagem.

— Bem, mas um fulano quando compra a burra não lhe apalpa o fígado. Fia-se na cor dos olhos... E já agora, que falei em fígado, não me vá depois esquecer...

E começou então a cura universal da icterícia, com um chá maravilhoso de folhas duma planta secreta, cujo nome lhe fora revelado por um landim que conhecera numa das suas numerosas viagens à África...

Desta vez, porém, a assistência ficou insensível.

— Não?! Não há nenhum hepático, aqui?! Mas isso é um milagre! Isso é um fenómeno! Nenhum dos presentes tem dores na barriga, à direita, ou sente enjoos, ou aparece com a língua saburrosa, de manhã?

O mesmo silêncio desconfiado. Icterícia! O homem parecia parvo! Chá dos pretos, de mais a mais! Quem é que ia agora meter porcarias daquelas no corpo?! E logo para o fígado! Livra! A história, se a queria acabar, e viva o velho! Uma pomadinha para a pele, vá lá com mil diabos! Mas drogas para o fígado!...

De segundo a segundo a onda de indignação subterrânea ia crescendo.

Mas o timoneiro daquele barco humano conhecia o mar.

— Não há?! Pronto, não se fala mais nisso! Os meus sinceros parabéns, e podem levar uma vela a Santo Ambrósio...

Olhou a muda agitação da seara. O povinho! O patarata do Zé Pagode a congeminar! Ele tratava-lhe da saúde! Ainda tinha pulso para o dominar. Para o fazer rir ou chorar consoante lhe desse na real gana, e para lhe impingir no intervalo quantas porcarias coubessem no baú. Não queriam agora o chá da icterícia? Gramavam-no para outra vez. Tão certo como dois e dois serem quatro! Lá isso, santa paciência...

— E vamos então continuar a nossa história. A minha, afinal de contas. E um grande romance, se eu soubesse escrever! Desgraçadamente, não sei. Conto... Conto, e a maior parte das vezes a sentir que toda a gente está a duvidar de mim...

O de Vila-Meã continuava atento, a observá-lo.

— Pois é verdade: o raio da mulher parecia um anjo! Como tinha os olhos azuis e uma vozinha de rola, ó senhores, aquilo era como um querubim: — Carlinhos, tu não queres marmelada? Carlinhos, vamos ao cinema, vamos? Chamava-me Carlinhos, o coirão! — Mas, ó Maria da Luz, tu não vês que me faz desarranjo?! Que se não durmo não posso ir amanhã fazer a feira a Setúbal?!! — Deixa lá a feira, filho! Então tu trocas a tua Mariluz pela feira?! Estão a ver o paleio?! Era de um homem ficar doido. — Ó mulher dos meus pecados, bem sabes que temos que pensar no futuro, que é preciso trabalhar!... — Então vai... Vai, meu querido... E no dia seguinte lá ia eu. — Adeus, meu amor! Adeus... São só três dias... Tem paciência... Dá cá uma beijoca...

O fiel auditório ria da beijoca. Mas ele não se queria demorar ali.

— Ficava em soluços ao cimo da escada. Ora, como sabem, a minha vida é de casa de Caifaz para casa de Pilatos... Estou a maçá-los?! Vejam lá! Se estou, digam, que eu mudo de assunto.

(O mesmo paleio de Pombal)

— Não? Bem, então, se não incomodo, continuo. Em que ponto íamos nós? Ah, já sei! Falava das sucessivas deslocações a que me obriga a profissão. Muito bem! Ora eu morava, como disse, em Lisboa. Não?! Não disse? Então é que me esqueceu. Mas morava. Na mesma casa. Naquele sexto andar fatídico!... É claro que quando saía me demorava vários dias por fora. O que ainda hoje acontece, de resto. A correr o país de lés a lés, tem de ser. De Trás-os-Montes ao Algarve, parecendo que não, é longe. A minha residência actual é nas Caldas da Rainha. E como das Caldas da Rainha aqui são apenas cento e cinquenta e cinco quilómetros, em três horas ponho-me lá. Mas se tenho de me deslocar a Monção, por exemplo? Felizmente que não viajo de comboio! Utilizo exclusivamente esta maravilhosa criação do progresso – o automóvel. De contrário estava desgraçado. Mesmo assim, não posso fazer milagres! E a maior parte das vezes fico por lá. Durmo sossegado em qualquer pensãozita barata, aproveito o dia seguinte para visitar novas terras...

Uma das maneiras de tomar o pulso à assistência era divagar um pouco. Havia sempre alguém mais insofrido que protestava. E a história, assim reclamada, tinha outro sabor.

– Não interessa? Pronto, já aqui não está quem falou! Adiante. Dizia eu que na minha profissão sou muitas vezes obrigado a pernoitar fora de casa. É natural. Ora naquela data, 24 de Novembro, lembro-me como se fosse hoje, quando em Palmela dava início aos meus trabalhos, desata a chover, que qual feira nem meia feira! Parecia o dilúvio universal. Casa, Balsemão! Casinha, até que Deus Nosso Senhor nos traga sol. Eu gosto muito de sol!

Olhou o céu, como a reforçar a afirmação. Depois, cheio de dignidade, desceu novamente à terra das suas atribulações.

– V. Ex.ªˢ estão a ver a minha disposição! Cansado, desanimado, e com os meus ricos bolsinhos vazios... Mas havia uma estrela a brilhar naquelas trevas. Claro que já toda a gente adivinhou... Casadinho de fresco, de mais a mais... Bom, não há quem não goste do seu aconchego... É humano! Cheguei a Lisboa às três da manhã. E que é que os senhores calculam?

(Ria-se. Em Pombal também se rira. Mas era um riso amarelo... Sabe Deus o que iria lá por dentro...)
— A luz do meu quarto acesa àquela hora! Subi os seis lanços da escada dum fôlego, e mais tenho o coração fraco, como já disse! Ia doido! — Ai, Balsemão, se é verdade! Ó desgraçado! Toquei a campainha, e a luz apagou-se imediatamente. — Pronto, Balsemão, não há que ver! O ombro à porta, e foi o fim do mundo!...

Olhou o efeito das suas palavras, bebeu um gole de água, e levou ao rubro, numa só frase, o calor da multidão.

— Para encurtar razões: meti três balas no corpo daquela miserável!

Fosse aldrabice, fosse o que fosse, estavam todos sem ar. Mas ele era generoso. Limpou o suor da testa, olhou por alguns momentos a emoção colectiva, e atirou a seguir um piedoso balde de água fria na fogueira.

— Não morreu, sosseguem! Era da pele do diabo!
— E ele? — não se conteve a criada do talismã.
— Um covardola! Enquanto eu arrombava a porta, fugiu pelas traseiras...

(Exactamente o que respondera em Pombal. E não... O suor que lhe escorria da testa não era do calor... A tarde até estava a refrescar...)

— Fui julgado e condenado em cinco anos de cadeia... Cadeiinha, pois então! Que cuidam? Cinco anos... Foi quanto me custou aquela olhadela para o tal andar!

Passado o calafrio do desfecho inesperado, começou a fazer-se dentro de cada um a crítica lógica da história. E alguns sorrisos incrédulos afloraram à tona de alguns rostos.

— O respeitável público não acreditou em patavina do que acabo de dizer! Está no seu direito, e faz bem. Eu cá também não acreditava, se me contassem... Mas infelizmente é verdade... Cinco anos numa penitenciária! Cuidei que nunca mais deixava de ver o sol aos quadradinhos... Ainda por cima ferra-se-me uma constipação! Ah! rapazes, que se não tenho lá este maravilhoso xarope, não sei o que havia de ser de mim! Cheguei a filosofar: — Bem, Carlos Balsemão Pimentel da Silva, coração ao largo, e tira daí o sentido. Desta vez morres mesmo. Escusas de alimentar ilusões: nunca mais voltas a fazer bem à humanidade! E se não fosse o xarope...

Não havia dúvida nenhuma que a atenção do público descera com o fim da narrativa. Aquele homem, porém, era um prodígio de tenacidade.

— É claro que os meus desânimos não tinham razão de ser! Com vinte e cinco anos estava ainda uma criança. Por isso tratei de comer e beber, cumpri a pena, divorciei-me, casei de novo, e já vou em quatro filhos... Os tais produtos Balsemão da piada que lhes contei...

Tempo perdido. O lume apagara-se na lareira. Contudo, fez ainda um derradeiro esforço.

— Asma?! O senhor?! Ó homem de Deus, e então não dizia nada?!! Se eu não reparo... Ora valha-o Nosso Senhor!

À voz de asma, instintivamente, os sãos foram-se retirando discretamente, com aquela meia hora desfeita num zum-zum inútil de cigarra. Mas lá conseguiu vender aos que ficaram dez frascos de xarope, justamente os que restavam.

Depois deram as seis, a feira desfez-se, e a vida retomou a crua realidade habitual. Na sua carrinha o Balsemão deixou então o Largo Velho e meteu apressado pela estrada da Figueira da Foz. A businar, ia ultrapassando ràpidamente os fregueses, já esquecidos dele e de quantas aldrabices lhes dissera.

Só na curva da morte, à Portela, é que o de Vila-Meã, ao vê-lo passar, o reconheceu, lhe tirou o chapéu, e juntou à poalha do sol que caía a ternura duma palavra:

– Coitado!

Pensão Central

A Pensão Central não é só o casarão medonho e deserto da rua das Fangas. É também o Belmiro, na estação, a atormentar quem chega:
— Pensão, freguês? Tem a Pensão Central!... Pensão Central!
Mas pouca gente se decide pela voz sôfrega do corretor. Desviam-se prudentemente, e deixam na gare aquela imagem da desolação, envolta no fumo da máquina, a desabafar:
— Bolas para isto!
É um destino cruel ter por ofício mostrar um caminho, e ninguém acreditar em nós. E o Belmiro, cônscio da negrura do seu fado, atravessa cabisbaixo a rua, sobe as escadas, e apresenta-se resignado diante do rosto cansado da D. Teresa.
— Então?
— Nada! Já ninguém viaja...
É o máximo de justificação que consegue arrancar. E a patroa olha-o em silêncio, limpa as mãos ao avental, e continua a tirar o nervo à carne.
Sem palavras, como que assinaram entre eles um pacto no sentido de acompanharem com respeito até ao fim a agonia lenta da pensão. E cumprem religiosamente o prometido.

São dois vencidos. A D. Teresa, feita de ranço, ternura e reumatismo, ficou viúva há anos. O marido era o Gregório, um homem baixo, doido pela corporação dos bombeiros voluntários, e amigo do moscatel. Mas não tinha fígado à altura dos tonéis da Companhia Velha. E uma cirrose deu cabo dele. A mulher vendeu então a relojoaria onde ele compunha as horas da cidade havia trinta e dois anos, arrendou a antiga sede do Grémio 5 de Outubro, e montou a pensão. O Belmiro entrou nessa altura ao serviço. A princípio correu tudo maravilhosamente. Hóspedes diários e passantes, asseio, boas referências, todos os rios a correrem para o mar. Até que uma noite, no comboio das onze e meia...

— Pensão, freguês? Tem a Pensão Central!...
— Onde é?
— Pertinho! A dois passos... Logo ali! Não traz mais bagagem?

O desconhecido entregou a mala, e o Belmiro pôs-se a guiar-lhe os passos para a rua das Fangas.

— Por aqui, faça favor. É já depois do candeeiro. E vai ver que fica bem servido!... Limpeza, bom trato... É para muitos dias?
— Conforme...
— É de longe, o senhor?

O freguês não respondeu.

— Tenha a bondade. Nessa porta. Vou adiante, para lhe ensinar o caminho...

Ao cimo das escadas, no começo dum grande corredor, pararam, o Belmiro pousou a mala, pediu licença, e foi parlamentar o quarto com a dona da casa.

— Senhora D. Teresa, um hóspede para ficar.
— Quanto tempo?
— Isso é que eu não sei...
— Não sabe?!
— Não. Ele não diz...
A proprietária veio em pessoa tratar do caso.
— Muito boa noite! — cumprimentou com o seu rosto aberto.
— Boa noite — respondeu, neutro, o viajante.
— É para muitos dias que deseja o quarto?
— Conforme...

Era um homem de meia idade, levemente marreca, de nariz afilado, já com brancas a salpicarem-lhe o cabelo negro. Muito pálido, fitava as pessoas com um olhar frio, verde, onde havia um misto de sagacidade e distância.

— Interessa-lhe talvez saber primeiro qual é o preço da diária? — tentou ajudar a dona da casa. — Vinte escudos, sem pequeno almoço.
— Não tomo.
— Bem, então são só os vinte escudos.
— Onde é o quarto?
— Por um dia ou dois posso-lhe arranjar um neste piso; mas se é por mais tempo...
— Um no segundo andar.
— Então faz favor de vir ver.

Subiram os três uma íngreme escada, ela adiante, o hóspede logo a seguir, e o Belmiro atrás com a mala às costas. A D. Teresa, sempre tão faladeira e tão alegre, ia calada e solene; o hóspede mantinha a mudez de que já dera provas; e o corretor, estùpidamente como ele próprio o julgava, deu-lhe para contar em silêncio os degraus.

— É este — disse, no alto, a hoteleira, a apontar o aposento e a afirmar-se no rosto gelado do desconhecido.

— Serve.

— Tem água e toalhas; mas se precisar de mais alguma coisa, faça favor de chamar.

Respondeu-lhe o ruído do trinco da fechadura. E a D. Teresa, depois de se proteger com a altura das escadas, que desceu novamente calada à frente do empregado, desabafou:

— Esquisito, este sujeito!

— É... — e a boca do Belmiro amargava um pouco.

No dia seguinte, à uma, a Laura, a criada de mesa, começou a servir o almoço. E como quase ao fim dele o novo hóspede não descera ainda, a D. Teresa resolveu ir saber notícias ao segundo andar.

Chamou, chamou, mas parecia estar a gritar à entrada duma sepultura. Começou a inquietar-se. Antes, porém, que a sua mão ansiosa fizesse desandar o fecho da porta, uma voz mal humorada mandou entrar.

A coitada nem teve tempo de abrir a boca.

— Que deseja?

— É o almoço. Como já são duas horas...

— E que tem serem duas horas?

Embora a resposta, pelo imprevisto, a deixasse confusa alguns momentos, lá conseguiu reagir:

— Faça favor de desculpar, mas o senhor deve compreender que os criados não podem estar o dia inteiro à espera...

— Mande-me servir apenas uma sopa, um bife e dois ovos quentes, aqui, às quatro e meia. Até lá, não quero que me incomodem. E feche a porta.

A D. Teresa saíu com cara de quem tinha visto lobisomem. E como os negócios e os acontecimentos graves da casa eram resolvidos na cozinha, em assembleia geral, foi lá que tentou serenar o coração.

— Estamos arranjados!... O sujeito não se levantou ainda, e quer o almoço — sopa, bife e ovos — às quatro e meia, no quarto!... E que até lá ninguém o incomodasse...!

— Qualquer indisposição... — atirou, a lançar água na fervura, o Belmiro.

— Mas então que o diga! — desabafou a alma apreensiva da patroa.

— Feitios... — insistiu, sem convicção, o corretor.

Não era tudo, mas já era alguma coisa. E a D. Teresa sentiu-se um pouco melhor.

— A gente atura cada um!

Ao jantar, porém, repetiu-se a mesma cena. A dona da casa viu chegar as nove sem a presença do hóspede à mesa, e não teve remédio senão ir outra vez saber notícias dele.

— São nove horas, sr. Macedo! (A Laura, quando lhe foi levar o almoço, lá conseguiu saber que se chamava Macedo...)

— E depois?

A D. Teresa ia já munida de toda a paciência precisa. À natural complacência que sabia ser necessária para aturar filhos de todas as mães, juntara um suplemento de boa vontade, para ver se levava aquela cruz ao calvário, como já lhe chamava.

— É que faz certo desarranjo, e a comida fresca tem outra graça... A não ser que o senhor Macedo se sinta mal... Isso então é outro caso...

— Doente? Não. Felizmente, é uma coisa que tenho — saúde! Não, esteja sossegada. Janto às onze, lá em baixo.

— Às onze?!

— Sim, às onze. Mande-me buscar manteiga fresca, não se esqueça. E faça favor de fechar a porta.

Ia a protestar, mas o hóspede voltara-se, inexorável, na cama.

Saíu, desceu as escadas a espumar, e na cozinha descarregou o desespero no Belmiro:

— Olhe lá! Que raio de homem trouxe você ontem à noite?

— O homem é como os outros, essa agora! Ou quer que peça um certificado a cada freguês que me apareça!?...

— Pois ponha-mo a andar daqui para fora! A minha vida! Ainda mais esta! Trate de mo impontar!

— Eu?! Isso não é comigo!

Às onze o senhor Macedo desceu. Correctamente vestido, de barba feita, muito bem penteado, entrou na sala e tocou a campainha. A Laura veio atender.

— O jantar!

A criada não tinha papas na língua, e dispôs-se a pôr a questão em pratos limpos. Mas às primeiras palavras o hóspede tapou-lhe a boca com esta insistência fria:

— O jantar!

A rapariga engoliu em seco, dirigiu-se à cozinha, e disse, sem ânimo, à D. Teresa:

— Quer jantar!
— Serve-lho; está guardado no forno... E que desculpe.
O Belmiro, concentrado, ouvia.

Procediam todos como se tivesse entrado naquela casa um poder novo, oposto às regras, sem horas, sagrado e misterioso, contra o qual não havia armas no mundo.

— Pediu marmelada — veio dizer a Laura, daí a pouco.
— Tira do armário. Dá-lhe da que eu fiz. E leva-o com jeito, a ver se amanhã...
— Amanhã é à mesma hora de hoje, já me disse. E que vem tarde. Quer botija na cama, mas que lha ponham quando se forem deitar, porque só entra lá para as quatro ou cinco da manhã.
— Então e quem é que lhe há-de abrir a porta? — não se conteve o Belmiro.
— Que lhe mandasse a chave.
— A chave?! Então mas eu vou entregar a chave da casa a um sujeito que nunca vi mais gordo?! — e a D. Teresa acordava de novo para a realidade.
— Não sei... — lavou dali as mãos a Laura.

A dona da casa perdeu a cabeça.

— Bem, olha, leva-lha lá! Seja o que Deus quiser!

Contra o costume, foram-se deitar numa incerteza que lhes fez trancar as portas por dentro. E de manhã o sol pareceu-lhes que tinha uma cor menos aberta e menos alegre do que tivera sempre até ali.

Era meio-dia, e o quarto do senhor Macedo numa escuridão de alta noite. E a própria D. Teresa, ao passar-lhe em frente, abrandava a força dos pés, não fosse um passo mais pesado acordar aquela alma de Deus.

Ao almoço já os mais hóspedes sabiam da existência na casa dum sujeito lunático, que no dia atrás almoçara às quatro e meia e jantara às onze. A Laura não aguentara o segredo. Mas queriam pormenores. Quem era, donde vinha, o que fazia...

Perguntavam bem, mas a quem? A pobre da D. Teresa estava a zero como eles. O que é ia ter uma conversa a sério com o fulano. Aquilo não lhe convinha de maneira nenhuma.

Aprovaram todos. E às cinco e meia lá subiu ela ao segundo andar.

— Dá licença?...
— Entre.

Era difícil, de mais a mais com este espectáculo diante dos olhos: o senhor Macedo de pijama, sentado na cama, a fumar, com as duas mesas de cabeceira cheias de cinza e de pontas de cigarro, um livro aberto sobre a colcha, e um cheiro espesso de tabaco a toldar tudo. Mas o encanto precisava de ser quebrado de qualquer maneira.

— Desculpe vir incomodá-lo...
— Se é dinheiro que quer, tire dali da carteira...
— Não é isso, senhor Macedo; é que compreende, o senhor tem uma vida...
— Ora essa! Que tem a senhora com a minha vida?!
— É que me faz transtorno... Bem vê que os hóspedes, não se levantando a horas e não comendo a horas...
— E quem é que lhe disse que eu não me levantava a horas e não comia a horas?

— Bem, eu estou a falar pelo que vi... Se não é assim...

— É assim, é! Mas por que razão as horas dos outros são melhores do que as minhas?

— Ó senhor Macedo, pelo amor de Deus! Então uma pessoa que almoça às quatro e meia da tarde e janta às onze da noite!...

— E que tem isso?

— Tem que não é como a outra gente... Os mais vivem de dia e dormem de noite... E o senhor...

— Eu...

— Valha-me Deus!

— Ora vamos lá ver: há quantos anos mora a D. Teresa nesta terra?

— Há quarenta e cinco.

— Pois eu cheguei aqui antes de ontem pela primeira vez. E aposto que não me sabe dizer qual é o ponto da cidade onde é mais bonito o luar.

— Então mas a minha vida é tratar de luares, senhor Macedo?!

— Bem sei que não é. Mas pergunto-lhe: a senhora já alguma vez deu um passeio por estas ruas de madrugada?

— Eu sou uma mulher honrada, senhor Macedo!

— Não deu. Pois faça de conta que viveu enterrada até ao dia de hoje, a limpar as paredes da sepultura.

A D. Teresa estava sem palavras. E o hóspede acendeu novo cigarro e recomeçou:

— E é pena, porque a cidade tem aspectos bem curiosos. Quando puder, depois do serviço acabado, em vez de se ir deitar suba por uma ladeira que há aqui adiante, à esquina, e abra os olhos. Logo ao alto aparece-lhe uma grande casa toda iluminada. É a Maternidade. Encoste-se às grades dum jardinzito que fica em frente, e deixe-se estar meia hora à espera. É maravilhoso! A princípio é um silêncio completo que se ouve, e que prepara o espírito. Depois, há uns gritos desesperados e secos que parecem furar o céu. Não faça caso. Por fim aparece ele. É um vagido fresco, cristalino, que entra no coração da gente como uma carícia. Não calcula a frescura que irradia o primeiro choro duma criança, a orvalhar a solidão da noite! Só quem ouve é que pode saber o que aquilo é...

A D. Teresa arregalava os olhos, assombrada.

— Pareço-lhe estranho? Olhe que não sou. Gosto da penumbra, mais nada. A claridade, para mim, é uma coisa impossível, anti-natural, medonha! Os objectos, nela, têm uma crueza que magoa os olhos, e que lhes rouba todo o sentido íntimo que possam ter... Há lá nada mais absurdo do que a luz do sol! É como se estivesse tudo a arder! A senhora já viu uma fonte, a desoras? Experimente. Não é nada, mas nada!, daquilo que se vê de dia. Muda tudo. O som da água a cair, a cor, o volume... E um parque? De dia, um parque é uma mata vulgar. Árvores, árvores, árvores... Mas de noite a coisa fia doutra maneira! A realidade parece transfigurar-se. Os troncos agigantam-se, os ramos espiritualizam-se, as folhas palpitam... — A senhora está espantada de me ouvir?

— Eu, se quer que lhe diga, acho tudo isso muito bonito... O pior são as horas da comida...

— Deixe lá a comida e as horas, mulher de Deus! Trate mas é de seguir o meu conselho e de ir dar uma volta pela cidade à hora que lhe disse. Passeá-la devagar, como quem bebe uma chávena de chá bem quente, aos goles, a tomar-lhe o gosto. Uma rua deserta! Nunca viu? Pois digo-lhe que não sabe o que é a maravilha das maravilhas. De dia as casas que a marginam apagam-se, emudecem, parecem soldados na formatura, em sentido, todas iguais e anónimas. Dois milhares de pessoas que passam diante delas, quem é capaz de as individualizar, de as distinguir, de reparar no desenho de uma porta, na graça de uma janela, no recorte de um cunhal? Ninguém, é claro. Por isso, despersonalizam-se, desfiguram-se, como que se cobrem de banalidade. Mas vá vê-las de noite... Não há uma que não tenha as suas coisas a dizer, a sua história a contar... Até os bancos! Até esses gordos casarões do dinheiro! E as igrejas? Se a senhora D. Teresa acredita em Deus e quer conhecer verdadeiramente o lugar onde ele mora, vá olhar uma igreja de madrugada. Vá, e depois venha falar comigo...

Aquele feitiço da noite não tinha eco no espírito da D. Teresa. O que o hóspede dizia seduzia-lhe os ouvidos, mas não deixava dentro deles senão a momentânea carícia da passagem. Depois, repousada cada frase, o que ficava no fundo era um triste e indefinido lodo de inquietação.

— E então o senhor Macedo vive sempre assim, fora de horas?

— Pois vivo.

— É rico?

— Sou agora rico!

Felizmente que o Belmiro veio arrancar a pobre àquela tortura.

— A senhora D. Teresa pode chegar lá abaixo?
— Posso. Com licença...

Desceu as escadas agarrada ao corrimão, com receio de cair. Tal era a perturbação em que ia. Ao fundo, voltou-se para o corretor e só disse:

— Você deu cabo da minha vida e da sua. Este homem é um perigo que aqui está. É doido...

— Se é doido chama-se a polícia — respondeu o Belmiro, disposto a arrumar o caso por uma vez.

— Tenha juízo, homem! Você não está bom da cabeça! Primeiro mete-me uma calamidade destas em casa; agora ainda por cima me quer a contas com a polícia!

O Belmiro sucumbiu a tanta lógica.

— Olhe, senhora D. Teresa, não foi por mal. É o azar...
— Pois é, é... — concedeu o coração sensível da patroa.

A notícia de que havia um doido na pensão fez abrandar o entusiasmo do Dr. Bernardo pela canja do domingo. A D. Valentina, a professora do liceu, começou também a embirrar com tudo. E o aspirante de finanças, o senhor Eusébio, a pretexto de que as noites eram frias, quis descer do segundo andar.

— Este homem é a minha perdição! — clamava a toda a hora a D. Teresa.

Mas ia falar com ele, e era tanta a serenidade com que lhe respondia, tantos os argumentos com que lhe defendia a vida que levava, que — de mais a mais com a diária pontualmente paga aos sábados — não tinha por onde lhe pegar.

— Mas é que me prejudica, senhor Macedo... Os outros hóspedes...

— Os outros hóspedes são burros! E que culpa tenho eu?! Que têm eles que ver com a minha vida?

— Realmente... — e a coitada deixava o quarto fatídico sem saber a que reino pertencia.

No fim do mês, o Dr. Bernardo e a D. Valentina foram-se embora. Arranjaram um pretexto sem consistência, e mudaram para a "Familiar". O das finanças e um engenheiro da hidráulica comunicaram que iam sair também.

— Mas porquê? — perguntava o Belmiro, a tentar iludir-se.

— Porque há-de ser?... — respondia, resignada, a D. Teresa.

Já nenhum tinha coragem de dizer sequer o nome da causa. O hóspede era uma espécie de morto-vivo em que ninguém queria falar, nem ouvir falar.

O corretor, depois de assistir impotente ao debandar, encheu-se uma tarde de ânimo e falou à patroa:

— A senhora D. Teresa não tem remédio senão pôr o homem com dono de qualquer maneira. É já tudo cheio lá por fora...

— Ponha-o você! Não fui eu que o trouxe...

O Belmiro, sem resposta para esta verdade, calou-se. Fora o primeiro fracasso da sua vida, mas valia por mil. Hora excomungada aquela em que semelhante tipo lhe aparecera!

Algumas semanas depois a pensão estava pràticamente vazia. Tinham-se ido todos os comensais; e, além da má impressão que causava aos raros desprevenidos que apareciam a solidão da enorme sala de jantar deserta, os outros corretores insinuavam junto dos fregueses indecisos a presença dum doido no casarão da rua das Fangas. De maneira que era a desgraça completa.

A D. Teresa resolveu-se então a actuar sem branduras.

— Posso entrar, senhor Macedo?

— Pode.

— Vinha por causa desta situação...

— Que situação?

— Esta. A sua presença aqui.

— Quê?! A senhora quer que eu saia?!

— Pois quero.

— Bem, eu estou quase a terminar o que tenho a fazer, e daqui por algum tempo...

— Mas é que eu não quero daqui a algum tempo; quero já.

— Já, não pode ser. A senhora bem sabe que não lhe devo nada, que não faço desacatos na casa, que, enfim, sou uma pessoa razoável...

— Isso é verdade...

— Então, se é verdade, como quer a senhora D. Teresa...?

Parecia o demónio a tentá-la.

— Mas é que estou sem freguesia... E tudo por causa do senhor!

— Por minha causa, não! Por causa da estupidez humana, diga assim. Que tenho eu que faça fugir esses parvos?

A D. Teresa começava a ver claro nas trevas.

— Nada, realmente. Em todo o caso, o senhor Macedo deve compreender...

— Compreendo... Compreendo... O que é, não transijo. Olhe, D. Teresa, eles voltam. É uma questão de dar tempo ao tempo. O povo educa-se! O que é preciso é paciência... Aqui há tempos um amigo meu queria comprar um cavalo, e pediu-me para ir com ele a uma coudelaria escolher o bicho. Disse-lhe que sim, mas que só ia de noite. Protestou, protestou, mas acabou por aceitar. E fomos. Acordámos o proprietário às cinco e meia da manhã, eu vi os animais com uma vela, examinei-os ponto por ponto, exactamente como os escultores vêem as estátuas, e no fim do exame aconselhei ao interessado um alazão que me pareceu bonito. Tanto o dono como o comprador estavam varados. Pois digo-lhe que nunca o meu amigo teve nas cavalariças uma estampa igual! Não quero errar; mas estou convencido que quando tiver de adquirir outro garrano, vai de velinha... O povo educa-se, senhora D. Teresa!...

Ninguém lhe resistia. E a senhora despediu-se o mais delicadamente que pôde, e saíu.

— Então? — perguntaram no fundo da escada, ao mesmo tempo, o Belmiro, a cozinheira e a Laura.

— Não sai. Só daqui a algum tempo...

E foi-se embora, de facto, daí a duas semanas.

Deu a notícia da partida à Rosa, quando ela lhe levou água quente para fazer a barba.

— Pois é verdade, rapariga, amanhã já me tendes todos pelas costas...

— Cá por mim, deixe-se ficar...

Era a criada dos quartos, que passava os dias a fazer camas, a despejar bacios, a varrer e a pontear roupa até altas horas. Só ela na casa gostava também dos momentos calmos da noite, sem campainhas a tocar, sem a D. Teresa a berrar, sem ninguém a chamá-la à realidade quotidiana da pensão. Por isso, embora imperfeitamente, entendia aquela predilecção pelo luar, pelas ruas desertas e sossegadas, por uma vida feita de silêncio e penumbra.

— Acredite que me faz pena que se vá embora...

Falava contra ela própria, pois sabia bem que as gorjetas tinham descido cem por cento desde que ele entrara naquela casa. Mas era desinteressada bastante para não atender a isso.

— Também é de ti que levo saudades, podes crer...

E foi dela, de facto, que se despediu com ternura no outro dia.

À hora da partida o Belmiro pegou na mala às costas com o alívio de quem ia entregar ao destino um fardo que ele injustamente lhe dera a guardar, e a D. Teresa, a cozinheira e a Laura vieram à varanda ver com os próprios olhos se na verdade era o senhor Macedo que partia. Era, e tomou o rápido do sul.

Este livro foi impresso em São Paulo, em setembro de 2001,
pela Lis Gráfica e Editora para a Editora Nova Fronteira.
O papel do miolo é Chamois Fine Dunas $80g/m^2$ e o da capa, cartão $250g/m^2$.

Visite nosso *site*: www.novafronteira.com.br
Atendemos pelo reembolso postal.
EDITORA NOVA FRONTEIRA S.A.
Rua Bambina, 25 – Botafogo – 22251-050 – Rio de Janeiro – RJ